陈小林 ／ 著

一个人的海

百花洲文艺出版社
BAIHUAZHOU LITERATURE AND ART PRESS

图书在版编目（CIP）数据

一个人的海 / 陈小林著. -- 南昌：百花洲文艺出
版社，2022. 11
ISBN 978-7-5500-4787-7

Ⅰ．①一… Ⅱ．①陈… Ⅲ．①散文集-中国-当代
Ⅳ．①I267

中国版本图书馆 CIP 数据核字（2022）第 171998 号

一个人的海
YI GE REN DE HAI

陈小林 / 著

出 版 人	章华荣	
责任编辑	郝玮刚	
封面设计	肖景然	
制　　作	书香力扬	
出版发行	百花洲文艺出版社	
社　　址	南昌市红谷滩区世贸路 898 号博能中心 A 座 20 楼	
邮　　编	330038	
经　　销	全国新华书店	
印　　刷	成都兴怡包装装潢有限公司	
开　　本	880mm×1230mm　1/32	印张　7.75
版　　次	2023 年 3 月第 1 版第 1 次印刷	
字　　数	190 千字	
书　　号	ISBN 978-7-5500-4787-7	
定　　价	42.00 元	

赣版权登字　05-2022-176

网址　http://www.bhzwy.com
图书若有印装错误，影响阅读，可向承印厂联系调换。

序　言

尹炎生

　　年轻的时候，我爱好文学，也发表了一些文章。后来为生计奔波，我渐渐与文学疏远。近二十年来，我很少沉下心去读一篇文章。

　　去年的春季，在一个教师群里，我无意间读到一个叫林子的老师写的散文，不读则已，这一读便无法放下，其字里行间那淡淡的沧桑之中透着一种隐约可见的坚韧，一种对艰辛人生的体味。从此，我便天天在群里期待林子老师的文章，是她重新唤起了我对文学的爱好。在后面的阅读中，我对林子老师有了一定的了解，她对人生的追求、对文学的执着，令我感慨唏嘘。

　　由于家境贫穷，林子老师初中辍学，一个娇小的女孩独闯城市打工，在每天十几个小时的劳作之余，她痴迷地阅读古今中外文学书籍，一个寝室挤着近20个女工，她感到热闹而又孤独。她暗下决心，一定要摆脱这种打工生活，于是在狭小的铺位上把被子叠成方块放在膝盖上，就在这个小小的天地里阅读、写作、投稿、自学考试。老天怜惜她，就在这豆腐块般大小的被子上她不停地发表文学作品，还取得了自学考试中文专业的本科文凭。

　　她终于摆脱打工的日子，走上了教师的岗位，她在这个城市买房成家生子，过上了稳定的生活。于是，她开始大量地创作，发疯般地创作，写她的奋斗过程，写奋斗中遇见的好人，写她的童年，写她的家乡，写她所有交集过的亲朋老幼。她作品中的人物虽然都是平凡中的普通人，却都闪耀着人性的光辉，读来令人崇敬且美好。

她写生活中的平凡人之外，更热衷于写花、写草、写大海，苦难的日子对她来说有如微风吹过，她从不抱怨，从不呻吟。路边一棵跳跃着露珠的小草，花园里一株摇曳的花枝，大海上来回飞旋的海鸟……都是她如痴如醉的审美对象。

《我的忘年交》这篇文章令我感动，在简简单单的叙述中透出一种人生况味的沧桑，却又在字里行间感受到一种无比的坚韧。作者自学的艰难与张阿姨掌家的艰辛，让我感受到了一个平凡人身上不平凡的力量。这是一种悲壮的美！这，就是真正的文学吧！

《斗门有个接霞庄》这篇文章写得真好，尤其是那一段："一条石板街横贯全庄，游走于望不到尽头的漫漫长道，感受着远古和现实的距离。庄后有一片葵林，金灿灿的花与近处绿树成荫的草木、远处的青山相映成趣，宁静优美。"在文章里我看到了萧红的影子，又看到了沈从文的隽永，但又不全是，他们的东西已融进了作者的血液，成了她自己的东西。

林子老师的文笔优美且生动活泼。她的文章里，充满了诗情画意的细节，只要被她描绘过的地方，绝无一丝美被遗落。《家乡的油菜花，真美!》《一个人的海》都是此类文章的代表。

她对唐诗情有独钟，在文章里时不时会出现画龙点睛之笔的诗句；她的阅读非常广泛，写风景名胜不仅仅是写风景名胜，往往会从秀丽的风景引申出背后独具一格的文化气息；她对一些典故也是信手拈来，这给她的文章带来了一种清新脱俗的气质。

大海是海，人生似海，一花一草也都似海，林子老师的人生便是看海的日子，六七十篇散文汇成了林子老师的这本《一个人的海》。林子老师对生活的热爱，对一草一木的倾心，她的这些情怀，就像多情的大海，容纳一切，蕴含一切世象，令别人很难测、很难探，所以这是她一个人的海。

也许有人说，林子老师没有一点名气。没错，她是一个没有一点名气的作家，但她却是一个地地道道的实力作家。鲁迅曾说过："名言与名人说的话要区别开来。"我们不妨套用一下："名篇不一定就是名人写出来的。"

我更是无名之辈，人微言轻，以上所说的一切也许不能给《一个人的海》带来丝毫效应，但全是我的肺腑之言。

（尹炎生，江西省作家协会会员，《文学井冈》专业撰稿人，井冈山市中学高级教师）

目　录

似水流年

书海拾贝

打工岁月

一个人的海

似水

流年

一个人的海

最近下午有空，我便一个人去看海，以前总有朋友一起，现在大家各自忙碌。我丝毫不减兴致，一个人兴冲冲地准备好雨伞。出发，十分钟的车程，我已经到了如诗如画的海边。

因为时常下雨，公园里的草地湿漉漉的，雨珠在绿叶上打滚，白色的蝴蝶草一丛丛，开得正好，紫色的蝴蝶草像毛茸茸的绣球一般，玲珑剔透。

尤其是一棵大树前，铺满了紫色的喇叭花，一蓬蓬，一朵朵，参差不齐地簇拥着，巨大的树干斜卧着，不用匠心设计，就是一幅诗情画意的画面。远处的海水，绿得像翡翠，又像一面巨大的镜子。远方的日月贝心甘情愿地当此大片的背景。

一条栈道蜿蜒而上，古色古香的仿古木，脚下的海水拍岸，礁石嶙峋，形状各异。

几个人在海里摸生蚝，几个顽皮的少年在岸边玩水，栈道上弯曲而上的尽头，一丛艳丽的红花像天边飘落的一道云霞，绚烂而耀人的眼睛。

少有的蔚蓝的天，热情如火的花，湛蓝的大海。一丛丛、绿油油的叶子，簇拥着几朵艳丽的红花，听说那就是有名的吊灯扶桑，娇艳明媚，相得益彰。

旁边一家咖啡馆就在绿叶红花的掩映下面，面朝大海，听海风拍岸的声音，坐在椅上，仿佛可以抚摸细微处拂过的风。蓝色的天际，蓝得让人心醉。太阳热烈地照着，花朵芬芳地开着。

此时此刻，我感受到天地合一的宁静，大海极其壮美，远处有渔船，周围有成双结对的恋人，有一家三口的笑声。"舟行碧波上，人在画中游。"只有这句诗才能恰到好处地表达眼前的此情此景。

我在海边想的这些，梭罗在瓦尔登湖边早已体验过了，瓦尔登湖宁静幽远，一英里之内没有人家。梭罗说，我去森林里是想过有目的的生活，是去面对生命中最本质的事项，并且要搞明白我是否能学会它教导我的一切，而不是相反，到死的时候，才发现自己未曾生活过。

我不想过一种不是生活的生活，生活太昂贵了，我也不想过听天由命的生活，除非这完全是必要的。我想要潜水到生活的底部，汲取生命全部的意义，坚定地生活……

梭罗告诉我们，世上只有一种成功，那就是以自己的方式度过一生。

袁宏道说："湖水可以当药，青山可以健脾，逍遥林莽，敧枕岩壑，便不知省下多少参苓丸子！"大地草木哪一样不是药。治愈一个人的，是山水。

看着身边经过的人们，我靠在栈道的栏杆上，极目远眺，哪一处不是诗情画意的风景？哪一处不是心旷神怡的存在？

一个人看海，一个人的大海，眼前这偌大的一片海，夸张地说，便只属于我一个人了。因为我看它的次数最多，因为我最熟悉它的美！

梭罗，有他的瓦尔登湖。我，有眼前的这一片海！

我的肖桃红老师

不知道怎么回事，我对初中的肖桃红老师印象怎会那么深刻呢？虽然她没有教我们多长时间，半年？不知有没有，三十多年过去，弹指一挥间，我记不清了。

三十二年前，肖桃红老师中师毕业，大概二十岁不到吧？刚分配到我们初一79班，她皮肤白皙，个子苗条，不高不矮，身手敏捷，她悄悄地告诉我们，她在师范读书时还参加过武术比赛呢，就凭这一点，肖桃红老师已经让我们刮目相看！

肖桃红老师留一头短发，黑黝黝的头发，英姿飒爽的样子，更让人吃惊的是，有一次，她涂了一点口红，让我们这些乡下妹子眼珠都瞪大了，那种亮丽的颜色真叫人羡慕，是一种可爱的桃红，和老师的名字名副其实，真的是与她的名字相得益彰呢！

望着肖桃红老师身轻如燕的背影，我们脑海里联想到的词语是：柳绿桃红，杂树生花，姹紫嫣红，春意盎然……

肖老师教的是数学，她在台上讲得天花乱坠，好像每个题目都很简单，呜呼，我老是偏科，加上那会儿暑假根本没有课本预习，数学课让我感觉到了前所未有的压力，但是肖桃红老师开朗大方，学生们很愿意围着她转。

有一次，她鼓励我们考出去，不要待在农村一辈子，那时我看了几本小说，好像有几分大志在胸，我天真地认为七品芝麻官都不在话下，一个县长，那算啥？我们长大了可是要做大事的人。哈哈哈！

过了三十多年，我不禁为自己的"巨大抱负"而自我解嘲，但是肖老师说的走出去的信念，在我的心中如一颗种子发了芽。

肖老师真正跟我们打成了一片，可有时候也不会，比如她男朋友来的时候，那是个什么样的男青年？个子瘦瘦高高，上下一身蓝色的牛仔衣牛仔裤，眉眼不说，光是那一头爆炸式的黄头发就让人受不了，可能是三十多年前的流行样式。

奇怪吧？我们的肖老师，那么伶俐可爱的肖老师竟然喜欢这样一头黄毛的时髦青年？哼，他有什么好？哪一点好？我们班的男生，我们班的女生，个个都看他不顺眼，他哪里配得上我们的肖老师？

尤其是黄毛青年一来，我们的位置马上退后，肖老师就搭在他的摩托车后面兜风去，或者是在肖老师的单身宿舍里，门关得紧紧的，有的男生故意敲个门，装作交作业本，两三分钟后，肖老师打开门，脸上飞起一阵红云，男生一阵风似的跑去了操场……

肖老师只好无奈地眨眨眼，又笑了，嘴角微微上扬，是那种鲜亮的桃红色，肖老师又涂了口红！哈哈哈！我们女生好像发现了新大陆。

要在平时，下了课，肖老师肯定和我们一起在走廊谈天说地来着。哼哼哼，我们的肖老师，被她的男朋友抢走了，男生们计划实施一个恶作剧时，肖老师的周末结束，她又像一阵春天的和风回到了我们中间，又成了最受我们欢迎的中心点。

她那满眼的甜蜜、她那走路带风的身材无不告诉我们，我们的肖老师谈恋爱啦！

半年后，肖老师调回了她的家乡西湖教书，铁打的营盘流水的兵，多少时光匆匆已溜走，在我们那样匮乏落后的乡村中学里，肖老师的口红给了我们一个鲜亮的理想，走出去！

几年后，当我只身一人南下离开家乡的时候，我没有多少离愁别绪，我的心里有一阵隐隐的兴奋和激动，我的胸膛里只回荡着一个激情澎湃的声音："肖老师，我要远行啦！"

肖桃红老师，你现在还好吗？

我的忘年交

哎呀，微信真伟大！那天，我和好久不见的老乡张阿姨联系上了，算一算，我们已经认识快二十年了吧?!

二十年前，我在工厂做一个流水线的女工，厂里人多，办了一份厂报。我当时坐一部机器，一边脚踩着机器一边想着写文章投稿。想不到，我投稿的一篇文章竟然发表了，顿时，我信心百倍。

当时，一个电子厂的老乡在自考，我一下子想起自己的大学梦，自考，又不耽误上班，每门课只要报名费二十五块，买书自理，没有老师，一切自理。

那时，我住的宿舍二十个人一间，拥挤不堪，晾衣间的地板上长期湿漉漉的，竟然长了青苔，每个人都是一个一米二的床位，我最大的苦恼就是没有一张桌子，一张可以写字的桌子，怎么办? 我把被子叠成一个方块，人在床上，被子在腿上，这样就有了一个桌子，可以勉强写点文章和作业。

宿舍楼每层有一个工作台，是给舍监工作登记用的，我经常趁人家不在时占用这桌子，只是走廊里人来人往，喧哗声此起彼伏，难以安静，我只能凑合着用，有总比没有好。

有一天，张阿姨出现了，她个子中等，短发，一脸爽朗的笑容，透着一股湖南人的麻利劲儿，年龄应该是四十岁左右。她说："这个妹子，我看你天天在这写，太吵了，我这里有个地方，有张桌子，你可以用用。"

原来她在宿舍区有间办公室，因为是后勤类的工作，所以设在了生活区。我进去一看，安安静静不说，还有一张大大的办公桌，我喜上眉梢。张阿姨热情地说："我看你搞学习，白天要上班，真不容易，你晚上过来用用，放着也是放着。"我心里充满了感激，听她的口音，还是我们湖南常德人。从那以后，我们成了忘年交。

有时我做作业，她值班，她当时还管理着厂里的一个阅览室，九点多才能关门，没人来的时候，张阿姨和我谈起许多打工的往事，她以前读过中学，在村里当过妇女队长，家里太穷了，没有别的出路，老公善良老实，张阿姨看不过拮据的家境，坚决来广东打工多年，老公一直在家看着女儿上学。

张阿姨来了不少年头，是个组长，每个月她把大多数的钱寄回去，修房子，女儿上学，家用，她自己穿着朴素，不折不扣，她是家里的顶梁柱子。

有一次，我心情不好，想想自己一个小不点，胆子又小，工资又低，姐姐早已回去，前路迷茫，心有不甘却无他法。我在想考个大学文凭，当时我已调到仓库当仓管，因为这里轻松一些，可以有一些空闲时间自学考试。

可是那个谨小慎微的组长，老是对我的工作挑三拣四吹毛求疵，别人干活完了，聊天八卦都行，我看书写个作业就不行，他生怕我跟他捅个娄子会丢了他的乌纱帽，我非常郁闷。

张阿姨就劝我："算了，不跟他计较，我们又不是跟他打工。想开点！"我转念一想，也是啊，不管它，先把大学文凭考到了再说，卧薪尝胆嘛！

一次，一个好久不见的室友来找我，半年前辞工的她，穿得焕然一新，她说："小林，别干了，工资这么低，你不是发表了不少文章吗？我们公司像你这种助理至少有五千块，你要不要去广州我们公司？"

我一听就动心了，五千块，我现在是一千五百块，太低了，如果有这样的机会为啥不去？我兴冲冲地回来，做作业时跟张阿姨说起，她说："那么高的工资，会不会是传销啊？小林，你小心一点啊！"

咯噔，我一想，真的，这么美妙诱人的蛋糕，现在传销很猖狂，有的专门骗熟人的，我的大学课程还没考完呢？！我出了一身冷汗，婉转地谢了那个女孩，她非常失望，过了不久，她就不再天天在厂门口等人了。

我们曾经是一个宿舍上下铺的室友呢！幸好我躲过了一劫，幸好经验丰富的张阿姨提醒了我一句，传销，真让人后怕啊！

张阿姨的女儿，中专毕业过来打工，从小不在母亲身边长大，有些叛逆。有次上班，张阿姨非常憔悴，头发好像一下子白了不少，原来因为女儿找男朋友的问题，两人起了大的冲突。在工作中，张阿姨总是做事麻利果断，平时总是笑眯眯的，这回她好像遭遇了重大打击。

我常常安慰她一下。设身处地，一个母亲确实不容易，一个女的像男的一样在外打拼挣钱，导致与女儿感情不够，女儿一意孤行，张阿姨还是想方设法与女儿的好友搞好关系，曲线救国起了作用。

后来，女儿找了一个不错的男孩，嫁到了长沙。不久之后，张阿姨也去了长沙，她只有这么一个独生女儿，她在这个厂足足干了差不多二十年吧。

中国的许多女性，能上厅堂，能下厨房，能顶半边天，张阿姨就是这样的人！我向这样的母亲致敬！

即将中考，一个初三家长心里的起伏跌宕

中考只有一个月了，确切地说，三十一天。我，就是一个名副其实的初三家长，一个男生的母亲。

上个月在群里，另一个江苏的家长说，有个中考生在家，我大气都不敢出。我感同身受，笑了一笑，给了她一个亲热的拥抱表情，我们是身临其境的初三老母亲嘛！

老实地说，中考确实重要过高考。高考，好的大学，差一点的大学，总有一个读；中考呢，一锤定音。首先，一半人上不了高中，只能去职业学校，前五所高中，每个中学基本招一千三百人……

之前我还比较淡定，可是这个月似乎有些压力，下意识里，好像在等待一件重要事情的完成，主要表现是一个星期写一两篇文章的灵感似乎没了踪影，似乎缺少了一份以前的闲情逸致。

工作以外，平时一有空，我就会去公园，看下波浪起伏的大海，看看广阔无垠的蓝天，看看变幻无穷的白云，看看绿荫如盖的大树，看看姹紫嫣红的鲜花，看看连绵起伏的群山……

"采菊东篱下，悠然见南山。"在这种安静平淡的意境中，心灵似乎没有以往那般浮躁了，"醉翁之意不在酒，在乎山水之间也"。

我想起《三国演义》里的关云长，他被曹操百般示好软禁于室内，仍可以气定神闲、镇定自如地看《春秋》，面不改色，平淡如往，真英雄也！

我们这些老母亲呢，初一时还约着早晨一起散步，初二就各自忙碌杳无音信，初三那是难得聚首啰，因为每个人都逃不开孩子中考这一关的考验啊！

有时我就想，焦虑有没有用？有用，那就焦虑好了。焦虑，没一毛钱用，越焦虑，只有越坏事，焦虑少一点，孩子的压力少一点，也许还能正常发挥。那么，我要做的，只是尽自己所能，提供一份感同身受的心情，提供一个嘘寒问暖的笑容，提供一碗热气腾腾的鲫鱼豆腐汤。

初中的数理化题目，我已经用心也看不懂了，我能做的，只是相信孩子，接纳孩子。帮不上忙，也不能帮倒忙。不管中考成绩如何，孩子仍然是我的孩子，事在人为，尽力而为。

只要是自己选择的路，自己付出的努力和汗水，那么收获与此相比肯定是成正比的。路遥的书里还说了"你像一个农夫，付出汗水付出辛劳，殚精竭虑，全力以赴，仍然可能会颗粒无收，那么也只有心平气和地接受"。

儿子一直喜欢在客厅做作业，我在桌旁边看小说，或者抄写《唐诗三百首》，或者抄写《诗经》，作业那么难，一摞摞，我是帮不了的，无能为力。

儿子埋头做作业，有时也会说说班上的趣事儿，旁边放着《风之谷》的英文光碟，在悠扬悦耳的旋律中，我和儿子送走了一个又一个的黑夜。

儿子比同龄人稍微轻松一些，每天都有自己的自由放松时间，他做作业的速度很快，他睡得晚，不是刷题，而是在 B 站上闲逛，或者在百度上查这查那。

他自己在 B 站上获取一些学校的行情，有时说南京大学现在很牛，它的计算机系仅次于清华大学，相差几分，分数线好高哦！

我说："你喜欢玩游戏，长大想学计算机，那你得考一个不错的学校，你才有自由选择这样学校的能力，要不你只有被学校和生活选择啰。"对此一点，孩子表示也认同。

还得感谢小学时的阅读和自学习惯的养成，孩子现在成绩的起伏，一直还是在目标的范围之内。孩子虽然贪玩了一些，但是一直没补什么课，直到初三下期才报了一个英语班，起码孩子的作业比同龄人少了一些，情绪还不算激烈。

有几次，孩子老是延长下机时间，我说："我今晚开始不提醒你了，你完全做主，自由安排，可以吧？"孩子想了一想说："那也不行。"

罢罢罢，还有三十一天，那咱们娘俩还得一起精诚合作下去。他做作业，我看小说，共同一盏灯光，共同一首乐曲，灯下放牛，再接再厉！

还有三十一天，就要中考了，我想对孩子再啰唆一次："凡事尽心尽力，奋斗的青春，不遗憾，不后悔！"

写完这些话语，我心头轻松了不少。孩子，高中，你就要寄宿了。多年之后，我想，我们都会深切怀念这一段相爱相杀的难忘时光吧？！将来你还会想念我这个曾与你风雨同舟几年的老妈吧？！哈哈哈！

过年的那些事儿

我的记忆力太好了，过年的事儿说来有一箩筐。

那时我十岁，在我们那个湘北的平原乡村，过年的时候经常天寒地冻大雪纷飞。如果不下雪，也是干冷干冷的，我一直想着，过年的时候，新衣服没有也行，因为家里只有几亩水田，没有别的丁点收入，日子过得艰难，懂事的我不会提要求。

那时，我特别憧憬一种叫"桃酥"的糕点，在村头的小卖部里，我多次看见过它，估计它是糕点瓶里最贵的那种。它呈黄色，闪着油炸过后的光，上面还涂了一层白色的面包屑，看起来就让人馋涎欲滴。

我想，村子有些人家过年买了这个，我好想也尝一尝这种桃酥的滋味。除夕那天要守岁，我问母亲，能不能买点桃酥过年吃？母亲说："哪有钱呀？年后你们姐妹的学费都没有着落。"

我大失所望闷闷不乐，母亲看到了我的失望，半晌之后，她慢吞吞地拿出零零碎碎的五块多钱，叮嘱我和姐姐去买一斤，我和姐姐大喜过望，撒开腿就跑，像一阵旋风似的跑到一里路之外的小卖部。

不料，老板告诉我，桃酥卖完了，两三个小时前还有的，我俩大为沮丧心情低落，一步一挨地回了家，我把钱还给了母亲，我和姐姐匆忙吃过年饭，急急忙忙赶着去看春晚。

我十岁那年，我家没有电视机。我们村子里只有三四台电视机，十四寸的，几个小伙伴挤在一起，冬天得烤火，就是这样的寒风凛冽，我们也坚持要把春晚看完才会动身，因为一年只有欢天喜地的这一次嘛。

我出来打工的时候，我家还是没有电视，自从我1995年出来之后，车票难买，雨雪路滑，我一般选择一年中的国庆节或中秋节回去，可以说，前面的五六年我一直是在宿舍里过年的。

和两三个老乡，在食堂里吃饭，在街道上走走，去竹仙洞公园逛逛，假期怎么那样漫长啊？好像日子很难熬似的，白天好不容易过了，公司福利社有一台电视，晚上，就站着看一会儿春晚。

累了，回到宿舍，看一会儿《读者》，蒙上被子睡觉，想家，不是不想，只有蒙上被子偷偷地想一想。

那天，也是过年假期，我们去老乡的电子厂宿舍，她那里可以做饭，她买了两袋饺子，我们一起在海边逛了一天后，我们打算过年煮饺子吃，宿舍里不知谁的收音机里一直放着乡村音乐《昨日重现》。

我们几个自考的女孩一边讨论着报名的事宜，一边吃着热气腾腾的饺子，感到别有一番香甜的滋味在心头，亲人在遥远的千里之外，能够有老乡说上几句家乡话，能够吃上比食堂饭菜热乎的饺子，对于一个底层打工妹来说，这就是幸福生活了。

那首《昨日重现》的曲子不愧是经典，我第一次听到就感觉非同一般，当时我还不知曲名，但是那舒缓的旋律，特别地感情真挚，特别地优美动听，那个温馨的场景直到今天我仍然能清晰记起。

岁月如梭，一晃二十年过去了，姐姐在1996年打工一年就回家结婚了，姐夫是个木匠，为人踏实肯干，像许多中国乡村的农民一样，前些年他们已经建好楼房，姐夫在农村木匠活做得不错，有一份还算满意的收入。

他们唯一的儿子在外工作了三四年，今年刚在省城买了房，外甥虽说是个大专生，但由于好学上进，综合素质强，几经跳槽，进了一家效益很好的大公司，同时找了一个不错的湘潭姑娘。

今年春节，外甥把刚领证的妻子带回家，女孩文静温柔，有文化，这件天大的喜事让姐姐和姐夫乐开了花，他们和亲家已经商量半年之后摆个热热闹闹的喜酒。姐姐现在三天两头在电视上购物，虽说要娶媳妇了，但姐姐的身段还是和年轻时一模一样，原来，姐夫脾气好，家庭和睦。我的老爸中风以来，姐夫把大大小小的生活用品买好送来，比自己的儿子态度还好。忠厚传家久，诗书继世长。老爸对我们的影响一直都融入了我们的生活点滴中。

今年，我们一家在珠海过年，春节几天，我和先生去了海边，珠海的野狸岛公园，鲜花遍地开放，椰树林立，海风阵阵，人山人海，热闹非凡，到处是一派喜气洋洋的气氛。

相比去年的紧张气氛，珠海今年过年热闹不少，新闻里外国的病例只升不降，死亡病例不断攀升，让人焦虑不已。把人民的健康放在首位，我们的国家交出了一份满意的答卷，我们从心底里有一份妥帖的安全感。

日月贝的海边，隐隐约约看得到港珠澳大桥蜿蜒盘旋的模样，我们真切地感受到国家的繁荣昌盛。海边的书吧里，看心仪已久的书，观近在咫尺的海，听轻徐而来的音乐，让我这个手不释卷的书虫宾至如归。

以前，我在日本作家川端康成、夏目漱石的小说里看到日本的海边小城宁静美丽，如诗如画，羡慕不已。短短二十年，我们焕然一新的珠海已经超过了它们。

我，二十年前的一个打工妹，边工作边自考了中山大学汉语言文学专业的专科和本科文凭，凭着一股自强不息的精神，我和先生买房落户珠海，我找到了自己喜欢的教师工作，孩子上初三，阳光开朗、朝气蓬勃。作为一个珠海人，我的心底充满如愿以偿的喜悦。

在家乡过年，在珠海过年，我和姐姐感受到的，是同样的幸福的味道。

从海滨公园到香炉湾

海滨公园，这是一个温馨难忘的名字，尤其是对我孩子这一代的新移民来说，他们的蹒跚学步都是从海滨公园开始的，难忘的碰碰车、波波池、放风筝……

海滨公园的大门，每年都是花团锦簇焕然一新的。花车的造型或是牛气冲天，或是万马奔腾，或是龙飞凤舞……随着每年的生肖不断变化。

花坛里的花姹紫嫣红，芳香四溢，红的热情似火，黄的娇艳明媚，紫的晶莹剔透，白的洁白如雪，粉的好像一抹云霞。

沿着林荫小路缓缓而行，绿草如茵，一个椭圆形的湖映入眼帘，无风无浪，水波不兴，湖面平静得像一面镜子。

岸边垂柳依依，有时，微风拂过柳树梢头，柳叶摆动，舞姿袅娜。湖面上，荡漾着几只小船，有的是一家三口，有的是几个年龄参差不齐的小伙伴，欢声笑语零落传来。"舟行碧波上，人在画中游。"好一幅诗情画意、春意盎然的油画！

远山如黛，湖边的草地还在延伸，一块绿色的毛毯好像铺到了天边，那一片翠色欲流、生机盎然的绿色让你眼前一亮。

"天北天南绕路边，托根无处不延绵。萋萋总是无情物，吹绿东风又一年。"这首诗清新一时，说的就是这种吹绿了东风的绿茵草地。

草坪上，一排椰子树高高耸立，迎风招展，好像列队而立等候检阅的士兵。几棵大榕树旁枝斜逸参差不齐，像一把撑着的绿色巨伞。

最让人惊叹的是，伸展开来的树枝上挂满了十几个红彤彤的大灯笼，每棵树上都挂着张灯结彩的红灯笼，远远望去，喜气洋洋的气氛在空气中到处弥漫。

公园上方有一个精致小巧的亭子，古色古香，雕栏画壁。这里有一个风筝售卖处，孩子们围着五颜六色的风筝爱不释手地挑选，有的拿着一个张牙舞爪的蜈蚣，有的拿着一个五彩斑斓的金鱼，有的拿着一个红绿相间的鹦鹉……

风筝在天上飞，随风上下翻飞起伏，孩子们在地上欢快地跑着，若是两条线缠住了，风筝落到大树的枝顶上，当爸爸的这时就要大显身手，或是脱掉鞋子，爬上树去；或是找根棍子，千方百计把风筝完璧归赵，赢得小孩一个崇拜无比的眼神。

草地上，兴高采烈地玩球儿童，跌跌撞撞刚学走路的孩子，谁的童年没有在海滨公园的草地上撒过野呢?!

公园东门就是浪漫的情侣路了，海风习习，椰林飘飘，再往前走过一里路，就看见了闻名遐迩的香炉湾，珠海标志图案上的渔女就矗立于此。

雕塑家潘鹤的手简直是神来之笔，海边的一座礁石上，身材婀娜的渔女，笑容莞尔，手捧明珠，低头垂目，飘逸的秀发和裙裾在海风中翻飞起舞。

远处的青山，咫尺的大海，飞溅的浪花，扑棱飞过的海鸥，接踵而来的游人。只要是来到珠海，谁不到此一游?

尤其是对 20 世纪 90 年代来珠海打工的我们来说，逢年过节，谁没有来过依山傍海风景秀丽的海滨公园？谁没有看过香炉湾闻名遐迩的渔女？岁月如梭，白驹过隙，二十年多过去了，渔女还是那个婀娜多姿的渔女，我们还是不是当年的我们？

现在，我们的孩子都快到了我们当年初来打工的年龄，一个人变成了一家三口或者四口，回望青春四溢的当年，我们没有了当年身轻如燕的身材，我们的面容早已刻上了岁月的沧桑，我们的头上都有了几缕不易觉察的白发。

值得庆幸的是，我们当年一起看海一起发奋考试的那一群人，大多数留在了美丽浪漫的珠海，我们奋斗的汗水终有收获，我们还是当年努力向上的我们。

从海滨公园到香炉湾，那个美丽的渔女，见证了我们沧海桑田的青春历程！无奋斗，不青春。如此，真好！

凤凰山南的石溪公园

"凤凰山南，有邑名山场，香山之源也。山场之北，有一涧石嶙峋，溪水潺潺，故名石溪。"家门口的石溪公园，山清水秀，风景宜人，素来有着"珠海后花园"的美称。

石溪公园的门口，是一个不大不小的广场，两株合抱的大树，绿荫如盖，黑檐白墙上，镌刻着《重修石溪亦兰亭记》一文，读完全文乃知，清代年间，岭南大才子鲍俊在山场隐居，模仿王羲之当年文人雅聚之事，留下了"亦兰亭"的书法佳作，顿时，浓浓的文化气息扑面而来。

进得门，一条弯弯曲曲的绿荫小路，清凉宜人，一边是绿色的湖水，酒红色的木栅栏抱湖而行。半山间有一个精巧的小亭，黄色的木料，古色古香，在半山腰的亭子里瞭望城市繁华，车水马龙，此处却一方净土，心旷神怡。

小路向前蜿蜒延伸，青草绿茵可爱，紫色的鸢尾花、蓝蝴蝶刚刚开放了几朵，在苍翠的绿叶间探出了头，芬芳四溢的紫色花朵，独具一格。

椭圆的湖边，水草丰茂，去年的荷花盛放，已成往事，绿叶红花，鱼戏莲叶间，在记忆里掀起一丝丝惆怅的涟漪。

十年前，石溪公园刚刚落成，儿子小时体弱，我们经常来此爬山，也是在这个鲜花怒放的湖畔，青草无边，绿叶苍翠间有蜻蜓不时飞过，老公问儿子能捉住一只蜻蜓吗，捉住有重赏。

一个六岁小儿，原本浮躁，缺乏耐心，我和老公觉得几无可能，儿子屏住呼吸，蹑手蹑脚，过了二十多分钟，儿子真的捉住了一只在花朵上得意忘形、反应不快的蜻蜓。

从此，老公再也不敢小看六岁的黄口小儿。哈哈哈！石溪公园，留下了孩子童年的足印，留下了温馨美好的瞬间。

再往前走，湖面陡然收尾，小溪呈现，大小各异的石头盘踞，涓涓的细水在溪底流过，惹得小孩们光着脚板踩水，大呼小叫，不亦乐乎。

再往上走，石板小径盘旋而上，久不下雨，溪水枯竭，石头形状不一，各自矗立，石头上镌刻着一些书法字，这就是有名的"石溪摩崖石刻群"。

原来，清代才子鲍俊与文人墨客仿兰亭雅集吟风弄月时，在石溪留下了大量诗词佳作，镌刻在溪流途经处的嶙峋怪石上，迄今尚存三十多处。

大者如"石溪"，有几米见方，小则几厘米见方，其中的"一笔鹅"更被称为岭南奇书。右侧一圆石上刻着"旷观"两字，字体遒劲有力，风神俊秀。

迎面有一精致美观的亭子，名为"亦兰亭"，大约是1835年所建，而今见到的是重修的"亦兰亭"，旁边的惜字社是才子鲍俊晚年隐居时读书的屋舍。

看着惜字社如今残存的墙体，青苔满布，遥想当年，文人墨客相聚于此豪饮放歌，吟诗作对，何等酣畅淋漓。

下有一方溪池，是石溪八景中的"溪池映月"，由于长久无雨，溪水有些混浊，颇像一面铜镜。

多年前，凤凰云台，蕉石鸣琴，兰亭觞咏，石燕迎风，旷石观莲，石龙溅雪，坐对川流，石溪八景声名在外。旱季过长，时间流逝，这些曾经的胜景已无法原味再现，让人无限怀想！

山路蜿蜒而上，越来越陡，如蛇环行，树木葱茏，柳暗花明，阳光如金线一般从树叶缝间照射进来，微风阵阵，神清气爽。

终于到了山顶，太阳的光芒无比耀眼，树荫下的小路上却清凉舒爽，眼前一望，满眼都是亲切怡人的一片翠绿。

"会当凌绝顶，一览众山小。"往下望去，层林尽染，红色的枫叶，各种各样的绿叶，红一抹，绿一片，不知名的野花，黄的娇艳，白的如雪，五颜六色，参差不齐，像一幅浓墨重彩的油画。

山脚下，车水马龙，人世喧哗，山上自得一处，幽静无声。

如果选择另一段路，可以爬到山峰最高处，可以全方位俯视大镜山水库，绿树环绕，水面开阔，中间有几座绿色笼罩的小山，生机盎然，玲珑剔透，风景秀丽，美不胜收。

没有城市的浮躁喧嚣，静静聆听扑面的风声。在这样幽静的地方待上一天，什么都不做，什么都不想，真正是惬意自在的生活。

"众鸟高飞尽，孤云独去闲。相看两不厌，只有敬亭山。"此时此刻，只有李白的这首诗才能让人感到身临其境。

走一趟石溪公园，好似接受了一回诗书文化的熏陶。石溪公园大门口碑记曰："山不在高，水不在深，石溪之灵，在情景交融。石溪之水天上来，涤我胸怀不染尘。"感同身受，深以为然！

斗门有个接霞庄

五年前的斗门接霞庄之旅，给我留下了深刻的印象。人的一生，就是一段体验的旅程，所以作文以记之。

从珠海市区到斗门，开车一个多小时，接霞庄位于斗门区的新围村，这些村子的人多数姓赵，听说是南宋末年赵匡胤胞弟后裔来此避难繁衍。接霞庄的农村，风光旖旎，风景宜人，有"广东省最美村落"之称。

走近接霞庄，一座高大的护庄河门楼在前，两边由石头垒就，正上方是屋顶，"接霞庄"几个字沉稳大气，护庄河水清澈见底，河边绿树成荫，青草蓬勃生长。庄外，田间小路，阡陌成行。

庄园的三面被荷花池和绿竹环抱，整个庄园青山绿水，掩映在青色的翠竹与开放的鲜花丛中，有如世外桃源，置身其中，心旷神怡。

村庄里的建筑，清一色的青砖瓦房，浓淡相宜的色调，屋下时有飞檐走壁，雕栏画栋，古色古香。

一条石板街横贯全庄，游走于望不到尽头的漫漫长道，感受着远古和现实的距离。庄后有一片葵林，金灿灿的花与近处绿树成荫的草木、远处的青山相映成趣，宁静优美。

我们四个大人、两个孩子一路同行，我们落脚的地方是一个农家乐。在这里，我看到了二十多年未见的家乡的桑葚，货真价实的桑葚，桑葚园少说也有几亩地之大。

我们去得也巧，正好是桑葚成熟的时候，桑葚树，一棵棵，个头不高不矮，枝繁叶茂，叶片翠绿，像一把把绿意盎然的大伞。桑葚树一排排，排成行，沟垄分明，地上间或有些野草，树上结满了小小的桑葚果。

未成熟的桑葚青涩，青里带红，红色的饱满，成熟的桑葚接近黑红色，黑色就是成熟过头了。细看之下，红色的桑葚居多，它们的个头，像蚕一般大小，孩子们早就馋涎欲滴，他俩一边采摘一边品尝，成熟的桑葚味甜多汁，别有一番风味。

孩子们边走边摘，发现后面的桑葚更加成熟，于是放开肚皮吃，满手都是黑红色的桑葚汁，满嘴也是。对孩子来说，以前只知道桑葚叶可以养蚕，现在亲眼看到桑葚果吹弹可破，鲜红多汁，这才叫"百闻不如一见"！

据说泥煨鸡是这里的一大特色，农场主人叫孩子们去抓鸡。走过一段田间小路，来到一个简陋的鸡舍，一二十只鸡正在悠闲地觅食。

儿子和程哥，正值十岁，狗都嫌的年纪，他俩各拿一个塑料圆凳，对着鸡围追堵截，这些鸡哪是这两个淘气鬼的对手？他哥俩一个扑，一个接应，十几只鸡吓得扑通乱飞咯咯直叫，老板娘看着三两下就抓了一只鸡，谁不心疼自家的鸡呀！再扑，母鸡肚里的蛋都要飞了！

灶边，泥煨鸡的工具早已备好，一个不大不小的灶台，确实像我童年时候的家乡土灶。煨鸡的泥团，硬硬的，拳头大小，主人把鸡处理干净，用锡纸包扎好，放进灶里，红薯、鸡蛋、玉米也随手放上几个。

灶上开始生火，一层层地垒上泥团，中间留出缝隙，像蜂巢那样垒着，火焰由于风的气息而摇曳，层层垒上的泥团，垒到七八层高，红色的火苗在灶内熊熊燃烧，煞是壮观。一个小时过去，诱人的香味已经飘出来。

退柴熄火，用火钳撤去烧红的泥团，在一团火疙瘩的土堆里，轻轻地翻找出锡包纸，红薯、玉米、鸡蛋、鸡的香味混杂着，香气四溢，真让人直咽口水。

孩子们把鸡撕开，鸡腿，鸡胸，鸡翅，迫不及待地咬上一口，美味佳肴，口齿噙香，真不愧是远近有名的泥煨鸡。

想起金庸小说《射雕英雄传》里的洪七公，他自制的"叫花鸡"与泥煨鸡有着异曲同工之妙，孩子们一边讨论洪七公，一边欢呼雀跃大呼过瘾。

什么时候，能再去一次接霞庄？那个青山绿水的古村落，那道念念不忘的泥煨鸡，那片绿叶红果的桑葚园！

看神湾的"菠萝世界"

　　四年前的今天，神湾腹地，漫山遍野的菠萝田让我和孩子们大吃一惊。

　　四个家庭，四个妈妈，六个孩子，我们开车一个多小时到了中山市的神湾镇。那天，蓝天白云，风和日丽。菠萝，又叫凤梨，原产巴西，栽种历史近百年。听说，神湾菠萝，可是远近闻名交口称赞的呢！

　　喧鸟覆春洲，杂英满芳甸。蛱蝶过墙去，春色在人间。眼前的神湾，远远望去，山清水秀，郁郁葱葱，我们好像回到了陶渊明笔下的世外桃源。那是怎样壮观的一片菠萝世界啊！

　　山，一座座的山包，大的山，小的山，缓缓的，坡上坡下，全部栽满了青翠碧绿的菠萝，漫山遍野目之所及都是菠萝，密密麻麻的菠萝。

　　绿色的树木掩映其间，一个个绿色的菠萝一行行，一列列，精神抖擞地站着，就像一队队等待检阅的士兵；又像一个个翠绿可爱的胖娃娃，脑门上顶着一丛丛青翠的叶子，好像在笑眯眯地欢迎我们的到来。

　　到处都是菠萝田，这一处，那一处，成熟的菠萝，颜色已经变黄，未成熟的菠萝，还是青色的棱角密布。孩子们跌跌撞撞地行走在田间小路上。

近处也是一片片的菠萝田，到处绿树成荫，不高不大的树，像一把绿茵茵的雨伞，参差不齐，挨挨挤挤，一派生机勃勃清新自然的田园风光，让大人和孩子们心旷神怡欣喜万分。

菠萝的叶苍劲青翠，长长的叶条，直直地伸展。梯田式的山间，到处都是田间小路，黄土裸露着，石头时不时顽皮地拦住你的去路，哪里像城里四平八稳的柏油路？如果走路一不留神，就得在小路上"翻船"。

第一次看到密密麻麻的菠萝田，第一次看到自己喜爱的菠萝是在这样的土里栽种而来，孩子们的眼睛睁得圆圆的。神湾菠萝，果身为圆形或椭圆形，果皮较深，果肉金黄，香甜多汁，爽脆无渣。

"三百六十行，行行出状元。"卖菠萝的小伙子看起来麻利爽快，"嚓嚓嚓"，手起刀落，几声过后，一个新鲜饱满的去皮菠萝就提在手里了，孩子们兴奋地围上去，一人一大块，个个叫好，味甜汁多，齿颊留香，经久不散！

原来，神湾地处中山腹地，光热充足，雨量充沛，背山面海，土地肥沃，特别适合菠萝的生长，家家户户都种上几千株以上，所以神湾菠萝之乡早已声名在外，神湾菠萝还是中国国家地理标志产品呢！

处处都是绿意葱茏的风景，四月的太阳已经非常耀眼，绿色的山，连绵起伏，葱茏的树，青翠的菠萝田，连绵不断的乡间小路，孩子们的惊讶声、笑声，洒落在了田野的各个角落。

远离了城市的车水马龙，来到这陌生的田园绿地，眼前的一切都让孩子们大开眼界，在田间第一次亲手采摘一个菠萝，摸一摸菠萝果身上的青刺，在小溪里咕噜咕噜洗一下脚，沙子泥土在脚趾缝里咯吱作痒，在丘陵小径上迂回前行，手脚并用才能跟得上菠萝小哥的脚步……

　　读万卷书，行万里路。这一趟神湾之行，不仅孩子们，就连我们大人也是受益匪浅哪！

圆明新园的浪漫樱花

　　珠海的圆明新园号称"中国南部唯一的皇家园林"。二十多年前，外乡人来到珠海，谁不会到圆明新园去看一看呢?!

　　圆明新园在 1997 年建成开放，占地 1.39 公顷，它集中再现了当年北京圆明园皇家园林的宏伟气势，所有景观均按原尺寸仿建。

　　圆明新园东西北三面环山，南面开阔，风景幽雅。这次的樱花节在此举办，真是选对了地方。

　　远远望去，瓦蓝的天空如洗过一样纯净，两座威武雄壮的白狮子屹立在大门口，气宇轩昂的黄色琉璃瓦，红色的大柱子，四个红彤彤的大灯笼高高挂起，屋檐下雕栏画栋，线条流畅，红色的窗格子，典型的宫殿风格。

　　拾级而上，进得大殿，又是一个开阔的四合院，东西两座宫殿相对，南北也是两座宫殿相对，旁边的树郁郁葱葱无比苍翠，松柏修剪得一丝不苟，仿佛平添一股威严的皇家园林气息。

　　转过几个柱廊，来到一座绿色琉璃瓦的殿前，一片叫人惊艳的樱花林就在眼前。那一株株粉色的樱花树立即吸引了你全部的目光。樱花树真是一种叫人叹为观止的奇树。

　　你看，大片大片的樱花齐齐绽放在枝头，一朵，两朵，三朵，无数朵，花瓣像一个绒毛绣球，层层叠叠，密密麻麻，花团锦簇，参差不齐，洋洋洒洒，像天边飘落的一片粉色云霞，又像是织女巧手织就的一匹美不胜收的锦缎。

　　樱花树干笔直，树枝细小，绿色的叶也是细小玲珑的，衬得樱花愈发明艳灿烂。黄色凝重的琉璃瓦，精致美观的檐壁，天空如洗，蓝得隐隐约约，旁边是翠色欲流的树叶，眼前不就是一幅诗情画意的写意花卉图吗？

　　你想象一下，一排排，十株，几十株，樱花树都是这样鲜艳地竞放着，似乎为了这样一个美丽的时刻，花儿们已经等待了许多年。春神一声令下，所有的花儿都攒足了劲似的，把一生中最美丽的一瞬间定格。

　　"樱花红陌上，杨柳绿池边。"说的就是这样一种只可意会不可言传的意境。

　　在柱廊的一头，几株白色的樱花树独树一帜，它们的队伍虽然小些，但是却以飞雪姿容赢得了游人的惊叹。樱花树不起眼，树干、枝条，无一例外地细，叶子稀稀疏疏的，但白色的花晶莹剔透，真像朵朵飞雪落上枝头。

　　黄瓦，灰墙，红色柱廊，旁边有株惹眼的玉兰树。花早谢了，叶子就长得格外青翠逼人，粉色的樱花树就在咫尺之内。

　　一时间，一抹红云，皑皑白雪，苍翠绿树，仿景泰蓝工艺的精致屋檐，屋檐上天空纯净如洗，游人真是在画中驻足赏游呢！有诗做证："山深未必得春迟，处处山樱花压枝。"

　　樱花经历寒冬，在春天乍暖还寒的时候绽放，繁花艳丽，满树烂漫，如云似霞，它仿佛迫不及待告诉人们春天到来的消息。

　　樱花代表着一种青春的气息，一种纯洁无瑕的美好。樱花是日本的国花，日本人认为人生短暂，活着就应该像樱花一样灿烂，盛开时美丽深情，安静地绽放，无声地诉说，即使死亡，也要果断地离去，不拖泥带水，干净利落，因而日本人把樱花当作生命的象征。

"何处哀筝随急管，樱花永巷垂杨岸。樱花烂漫几多时？柳绿桃红两未知。劝君莫问芳菲节，故园风雨正凄凄。"唐代大诗人李商隐的这首为樱花而作的《无题》，让人觉得意味深长，意犹未尽。

你听，这是哪里的古筝？弹奏声随着管乐急转而下，樱花飞逝，飞红满地的景象让杨柳都感到一份永久的苍凉。樱花在什么时候烂漫地开过？开放了有多久呢？柳叶依然翠绿，桃花依旧红艳，问它们，却没有回答。请你还是不要问花期有多长吧。你看，这老园了的风雨多么凌厉，园内残余的樱花只怕要在这一场风雨后全部落尽了吧？

樱花，生如夏花之绚烂，死如秋叶之静美。樱花，绽放时轰轰烈烈，绚烂一生，走时不污不染，默默无言，不愧为花中的君子也！

生命，等你回来！这是樱花的花语。樱花，它用它的一生，教会了我们珍惜。

姑父走了

昨天，姐姐在电话里告诉我，姑父走了。

算起来，姑父今年七十九岁了，可是在我的记忆中，他的样子还是二十多年前我刚刚出来打工时的样子。姑父身材高大魁梧，一米八几的个子在南方人中是很显眼的。姑父脸庞宽大，眼睛细长，像他母亲的单眼皮。

有一年，我们老家天天热播《乌龙山剿匪记》，电视拍的就是我们湘西的旖旎风景，情节曲折，颇受追捧。我记得里面有个叫田大榜的土匪头子，身手了得，神通广大，这人的身材相貌很像姑父，所以我们这些孩子齐刷刷地叫他"田大榜"。

姑父在村里当了一二十年的队长，很有威严，但对我们这些孩子的"胡作非为"，他不但不恼火，反而哈哈大笑，与孩子同乐。

姑父大名叫天保，当我看到湘西著名作家沈从文的代表作《边城》时，大吃一惊，主人公兄弟俩，哥哥叫天保，弟弟叫傩送。我想，太巧了，我的姑父也正好叫天保。

"天保"意思倒也简单，农村人生个孩子，指望少病少灾，只有祈望老天爷保佑啰！湘西离我们湘北很近，我们邻村还有男子叫沈天保什么的，可见这个名字是我们那里人钟爱的。

姑父是个种田的好把式，农村人生来就是吃苦耐劳的，就像沈从文所说，湖南人吃得苦，霸得蛮。姑父兄弟姐妹九个，他是老大，长兄如父，父亲去世早，在那个缺吃少穿的年代，应该吃了不少的苦头。

姑父文化不高，那个年代的农村人普遍没念过多少书，可是他是个会说话会办事的聪明人。姑父年纪轻轻就当队长，一当就是一二十年，村里人对他是服气的。

二三十年前，我们那里一到夏天就防洪，一到雨季，好像天顶烂掉似的，下不完的雨，雨水一多，河里就涨水，一两个月地雨下个不停，水总是淹没农田，队长总是身先士卒，冒着滂沱大雨，到处去查看，我们队有这么一个铁塔似的顶梁柱，大伙总是安心的。

那些年，我们老家冬天也响应号召大修水利，每家出一两个劳动力，去堤坝上挖土修水库，带上厨师做饭，一个队几十个劳动力，早出晚归都得督促，还得预防事故，队长总是最操心的那个人。

村里谁家两口子吵架了，出意外事故了，孩子不学好了，队长也是一个要出来讲讲话评评理的调解员。不说德高望重口若悬河，姑父说的话还是中听的。

村里交公粮，每家一千多斤，没赶上趟，谷子淋雨了，发霉了，上面不收怎么办？这都得队长去斡旋交涉，姑父在近二十年里，做的就是这样那样的杂活儿，也算是为队里做了一些实事的人。

年纪大了，不当队长了，姑父承包了一片鱼塘，他一辈子喜欢打鱼。以前，我经常看见他背着打鱼的一套行囊走在河边上。姑父的打鱼技术在村里是数一数二的，不说百发百中，但是绝不会空手而归的。

可是没多久，六十多岁时，姑父的眼睛就不行了，白内障，身体还有不少别的毛病，医生不敢给年事已高的他动手术。后来，他的眼睛就慢慢地看不清了，我想年轻时那么一个威风凛凛的人竟然看不见了，这真是一种无法承受的现实和痛苦啊！

前年，我回家见到他，他说："小明，我们队里出了一个乡党委书记，了不起！靖华（书记小名）是有才的！你看，水泥路修了一圈，修到了家门口，再也不用踩泥巴了，这是大实事啊！"我频频点头，我想姑父当了多年的队长，想做的事一直有心无力，没钱咋办事？

因为老下雨，不泥泞的路没有一条，我们队以前路不好走，没啥出产，在村里好似一个"鸡肋"，现在出了一个办事实在的乡党委书记，这样一个出类拔萃的后辈人才，姑父是从心底里感到高兴。

姑父有四个孩子，都已成家自立。孙女上大学，孙子上小学，他的一生也算圆满。姑姑一辈子喜欢哭，这个总喜欢说她头发长见识短的人先她而去了，这下她更会放声大哭了。

看看姑父，想想自己。我们普通人的一生就是这样的，如小花小草，默默无闻，花开花落自有时。平凡的人生，平凡的谢幕，就像那首歌里唱的"没有花香，没有树高，我是一棵无人知道的小草"。

《增广贤文》里说，人生一世，草木一春。

姑父，一路走好！

春光无限的景山道

珠海景山道在年后隆重开放了，游人们成功地掀起打卡的高潮。阳春三月的上午，蓝天白云刚出现，我就向景山道飞奔而来。

进了板樟山公园的大门，一路盘旋而上，山路宽敞，但有些陡峭，蜿蜒而上，颇有些让游客心生怯意望而却步。

不过，两边苍翠的树木让你眼前一亮，挺拔耸立的树，横枝旁逸的树，小巧瘦弱的树，到处都是绿油油的，到处都是逼人的绿色。

山间微风轻拂，空气里都好似有股甜味似的。娇俏艳丽的扶桑花，在绿叶中不时地探出头来，好像在热情欢迎你的到来。红艳艳的簕杜鹃花更是开得如火如荼，在郁郁葱葱的山坡上，它们一丛丛地开放，远远地望去，像是天边掉落的一片云霞，落在了满目苍翠的绿树山间。

绿的叶，红的花，紫的花，黄的花，不知名的花，让你应接不暇，就是那么不经意的点缀也让你心生佩服，大自然的神来之笔，妙手偶得之。

山路一直迂回盘旋，让人不由得气喘吁吁。迂回曲折的路，未见的风景让你欲罢不能。眼前出现了几间精致的亭子，黄色的瓦，红色的砖，精巧的檐顶，亮眼！

立于板樟山南望澳门，原来，这是纪念澳门1999年回归祖国而建的回归亭，旁边的大石上记录着捐钱建亭的热心公益人士的姓名。

如果写过耳熟能详的《七子之歌·澳门》的闻一多先生见到此亭，也会为我们祖国的日益强大而欣喜落泪吧，中国被人瞧不起的屈辱时代一去不回了！

走了半个小时，眼前的栈道真叫人大吃一惊。古色古香的木地砖，不锈钢的护栏，一直向前延伸，一边是山花烂漫绿树成荫的山坡，一边是悬空的空中栈道。

热闹喧哗的城市就在眼底一目了然，鳞次栉比的楼房，车水马龙的街道，汽车像一个个火柴盒那么大小，繁华热闹的拱北、灯红酒绿的澳门就在眼前。绿树掩映之外，山下是烟火气息的凡间，山上是人们梦寐以求的世外桃源。

山间的风，越来越大，凉爽宜人，吹走了游人爬山的劳累，扑面而来的清香气息叫人惬意无比。栈道时而笔直向前，时而急转而下，那么急速地一个转弯，好像一下到了天的尽头。

看，白云就在上方。天空好像一个巨大无比的床，白云像一朵朵硕大的棉花，太阳已经出来，湛蓝的帷幕已经打开，灰色淡出，一片片棉花似的云朵铺在天空的床上。远远望去，栈道的尽头就是缥缈的白云。

"危楼高百尺，手可摘星辰。不敢高声语，恐惊天上人。"李白的诗正合此境。小朋友也许会想：等我走到栈道尽头就可以摘到白云了吧？于是兴冲冲地跑过去，栈道忽然又转了一个大弯。落空了！哈哈哈！

几个圆溜溜的黑色轮胎椅摆在路中间，三个一组，围成一圈，它们看起来好像是行为艺术的装饰品，不，这些造型可爱的轮胎椅是供游人休息的。山边上有两排长长的座椅，靠着的正是红花绿叶的山。一路上，时不时看到几排三人椅，它们的摆放，看似无心，却是设计者别具匠心，设身处地，每一个小细节都尽显人文的关怀。

一个活泼可爱的机器人款款而来，他慢条斯理，徐徐而行，你跟他打个招呼，他会停下来倾听，这样斯文礼貌的巡逻机器人让人们大开眼界。

欧阳修说过，醉翁之意不在酒，在乎山水之间也。近日，家有初三考生，中考在即，压力颇大，我也来景山道寄情一下山水。

景山道风景秀丽，翠色欲流，春光无限，人们为此景而来，或走走停停，或一鼓作气，或偶尔抱怨，或重整旗鼓，峰回路转，柳暗花明，一路登高望远，会当凌绝顶，一览众山小。

生活中的任何事情，都和爬山一个道理，你不迈开脚步，你不付出汗水，怎么能看得到更好的风景呢？

三月的春风，温柔亲切。三月的风景，花开半看，姹紫嫣红，草长莺飞。景山道，春光无限的好地方。

最朴素的生活

我是一个简单朴素的人，从小到大。

记得小时候，确切地说，应该是小学三年级的时候，母亲破天荒地给我和姐姐各买了一件毛衣，那真是一件让人终生难忘的毛衣！

至今我还记得清清楚楚，绿色的毛衣上绣了几朵栩栩如生的小花，颜色鲜艳，生动活泼，比起自家大人织的毛衣漂亮多了，那件衣服我成天穿着，天热也说没关系。哈哈哈！

直到五年级了，我还对它爱如珍宝，虽然穿着明显小了，但我还是喜欢。拮据的童年，养成了我节俭朴素的习惯。

直到现在，我一个女的，不大吃零食，闺密们都觉得奇怪。原来小时候，家里不宽裕，父亲出门做事回来，从来不带零食，别人的父亲都会带些零食和小玩意，孩子们会跑上老远去接大人，我和姐姐从来不接。

因为我们的父亲从来不带零食，没有多余的钱，也没有这样的习惯。久而久之，我成了一个不吃零食的人。父母的言行举止真是无处不在影响着孩子！

读书时，看到孔子评价自己最喜爱的弟子颜回："一箪食，一瓢饮，在陋巷，人不堪其忧，回也不改其乐。贤哉，回也。"

那时的我不太能理解，想着会不会文过饰非了一点。

及至读了东晋陶渊明的古诗，我的本科毕业论文题目就是《关于陶渊明古诗的特点》，五千字的论文，"非典"肆虐的那年，导师给了我一个"优"的评价。

我仔仔细细地阅读了陶渊明的所有古诗，情不自禁地爱上了这种清新自然的风格。"采菊东篱下，悠然见南山。山气日夕佳，飞鸟相与还。此中有真意，欲辨已忘言。"这就是我曾经无比熟悉的田园生活。

当年我义无反顾地告别这片土地，在城市的背井离乡的奋斗之中，乡愁又一次精准地击中了我，是标新立异还是随波逐流？大多数时候，我自然而然地选择做了一个极简主义者。

朋友说我家二楼太低，阳台小了，我不太在意，我觉得，比起大西北的山区孩子，我拥有的已经足够丰富。

只要有爱不释手的书籍在，只要有姹紫嫣红的花草在，只要有生机盎然的大树在，一日三餐粗茶淡饭我是不计较的。琳琅满目的书店就在周围，书香墨浓的图书馆就在咫尺，空气清新的公园就在身边，哈哈哈，庆幸都还来不及呢！

我家挺有意思，儿子喜欢用自己的奖学金买球鞋。现在，他的鞋子比我多了两三倍。衣服嘛，我也只有实用的几件。人到中年，我的头发二十年没换过发型，都是清汤挂面似的直发。说实话，我根本没有太多的心思关注在那些身外之事上面。

我觉得莫言说得对："我们要用文学作品告诉那些有一千条裙子、一万双鞋子的女人们，她们是有罪的；我们要用文学作品告诉那些有十几辆豪华车辆的男人们，他们是有罪的；我们要告诉那些置办了私人飞机、私人游艇的人，他们是有罪的。尽管在这个世界上有钱就可以为所欲为，但他们的为所欲为是对人类的犯罪。即便他们的钱是用合法的手段挣来的。我们要用我们的文学作品告诉那些暴发户们、投机商们、掠夺者们、骗子们、小丑们、贪官们、污吏们，大家都在同一条船上，如果船沉了，无论你身穿名牌遍体珠宝，还是衣衫褴褛不名一文，结局都是一样的。"

人们奢华无度，对自然界无休止地索取，迟早会后果自负后悔莫及。"静以修身，俭以养德。"我喜欢诸葛亮的这句话，一个人自己身体力行做到这两点，不也是一个自律的人了吗？

我喜欢看书，古今中外的小说都喜欢；我喜欢孩子，他们一个个天真无邪心无城府。我喜欢把他们培养成一个个爱书人，让他们轻松一点学习，走向自己的诗与远方。

孩子，我们不需要步履那么匆忙。孩子，尽可能慢一点，有时间欣赏一下这个世界的美好事物，一花一世界，一沙一天堂，而不是眼里只有满满的分数和成绩。

如今，我的工作是我所热爱的，平时遨游浩瀚如烟的书海，写写自己信笔涂鸦的文字，写得眼睛花了累了，就去公园看下花花草草，看一看头上蔚蓝一片的天空，在大树小草间徜徉徘徊，在生机勃勃的气息中乐不思蜀。

有了烦恼，就去微风拂面的大海边坐坐，想一想海阔天空有没有边际。亲人健在，我健在，何其幸运，我实现了自己多年的梦想。此生如此，夫复何求？

成功的方式只有一种，就是用自己喜欢的方式度过一生。

最朴素的生活，我选择了你，一起走吧，直到彩霞满天。

在澳洲园散步

我是什么时候爱上散步的？也许是在几年前，我看了日本著名作家村上春树的小说《当我跑步时，我谈些什么》。他的一句话我记得非常清楚："为什么要每天跑步一两个小时呢？"

"当作家的人不想看到自己腰间多了赘肉。"这样漂亮的一个回答，我深以为然，于是每天散一两万步，成了我自己的必修课，并且是发自内心的要求。

澳洲园位于珠海的山场社区，山场是个人杰地灵的地方，山场儿女经商从政各有千秋，鲍俊、鲍国宝、鲍惠荞是他们中的佼佼者。

在澳洲园的八栋一楼历史墙上，陈列着他们的事迹介绍。在多次的散步中，我熟悉了山场村的历史渊源。

澳洲园确实是一个散步的好去处。我一下楼就看到两棵黄槐花树，一年之中的七八个月，它们似乎一直在竞相开放。

娇艳的黄槐花，一朵，两朵，几十朵，绿色的叶衬着，煞是好看！夏秋之际，两树黄槐花随风起舞，犹如两个舞姿翩跹的散花仙女。

儿子经常在窗台上看书，对窗外的两棵黄槐花树情有独钟，他还为这两棵黄槐树写过一篇文章，表达他的喜爱之情，老师说写得情真意切。

后来，其中一棵黄槐树遭虫死了，儿子难过了好久，我对此感同身受，那就好比是他童年的一个朋友嘛！

珠海的气候四季如春，小区散步的路上鲜花不断，草地永远是绿油油的，这里的花儿们好像都忘了冬天这个季节。

我最喜欢的是栀子花，每年的四五月，一阵滂沱大雨袭来，枝叶轻轻抖动，水珠在花间滚来滚去，一夜之间，栀子花好像约定好了似的，一下子全都开放了。白色的花瓣清新宜人，带着露珠的栀子花更显得晶莹剔透。

京派作家汪曾祺写道："栀子花粗粗大大，色白，近蒂处微绿，极香，香得掸都掸不开，于是为文雅人不取，以为品格不高。栀子花说，去你的，我就要这样香，香得痛痛快快，你们管得着吗！"妙哉！

老头子文笔这么幽默风趣，惟妙惟肖，生动之极，我以为这是写栀子花最好的一段，单说写栀子花，谁人写得过汪曾祺?！

再往前面有个风景秀丽的湖，小巧精致的亭子一间，几个圆圆的石凳，一个方方的石桌，亭子的水下边，几只仙风道骨的仙鹤似乎就要乘风飞去。

夏天或秋天，绿树亭亭如盖，湖里的水清澈见底，青草一蓬蓬的，青蛙隐其中，呱呱地叫个不停，叫人不敢相信这是在城市里。

有人嫌青蛙吵，我却觉得好，青蛙叫得这么欢快，肯定是这方水土让它高兴，假山圆石，绿水青草，刚刚好！现在农村种田，农药用得多，想听蛙声一片还不容易了呢！

转过湖来，你会发现眼前多了一片红色的花墙。原来是珠海的市花——簕杜鹃开花了，假山上爬满了绿色的簕杜鹃藤，几十朵，几百朵，上千朵吧？密密麻麻地开放了。

籁杜鹃的红是热情似火的，是姹紫嫣红的，是精神抖擞的，远远看去，真好像是天边的一片云霞落到我们花园的湖边上。

当我烦恼时，我就看一下这野蛮生长的籁杜鹃，得雨水，得晨露，得清风，无人问津，无人看顾，它也自成一道绚丽的风景线。生活的路上，有什么过不去的坎呢？

人也应该像籁杜鹃花，有这么一股子倔强的态度，有人喜欢无人喜欢，尽管恣意地去生长吧！

走到草坪前，直到中亭，到处都有几把椅子，漆上红红的颜色，我眼前一亮，哎呀，这个设计真是好！

再过十年，二十年，我老了，颤巍巍的，我就带一本《聊斋志异》，坐在绿叶红花映衬的红木椅上，太阳照过来，我微微地眯上一会儿，再看一下眼前那几朵娇艳欲滴的扶桑花。

这一辈子还有什么遗憾呢？宠辱不惊，看庭前花开花落；去留无意，望天上云卷云舒。说的就是这种情境吧！

现在，健康生活的观念已经深入人心，澳洲园每天散步的人们络绎不绝。

对我来说，早晚散散步，看看花花草草，足矣！我的愿望就是这么小，这么简单，真好！

海天公园的 "花花世界"

春天里，百花齐放，游人踏春，络绎不绝。珠海人若要问一个看花的好去处，那肯定非海天公园莫属。

"草木知春不久归，百般红紫斗芳菲"，这话说得不错，海天公园的格桑花最显眼，吸引了许多游客驻足停留。

格桑花，红的热情似火，紫的晶莹剔透，那一朵朵花，像一个个小巧玲珑的精灵，衬着翠绿的叶、轻盈的风，好像在风中翩翩起舞似的。

"每一朵花都是一个精灵，回来寻找它的灵魂。"一朵两朵不出奇，一大片一大片格桑花亲亲热热地挤在一起，形成了一道让人侧目的风景线。

这样婀娜多姿的花儿星星点点缀在其中，让人怜爱，让人可亲，让人咏叹！无论男女老少，谁不喜欢这样姹紫嫣红的花儿呢？

沙漠里的植物也被园艺师移植过来了，你看那株仙人掌，比大人都还高一大截。绿色的手掌，茁壮结实，开出红色的花朵。手掌横着长的，竖着长的，侧着长的，你来我往，争着向高处生长。

仙人球个个像硕大的南瓜，圆嘟嘟的，像日本著名画家草间弥生笔下的线条南瓜，小孩很愿意把它当个凳子来坐坐嘛，可是小心有刺呢！

虎刺梅，灰色的茎长得张牙舞爪，绿色的叶子，新绽出的朵朵小红花，伸展着，开放着，蓬勃的生机处处显出植物的张力。

前面是一片绿油油的草地，像一块巨大的绿毯，椅子、凳子、桌子供人们自由自在地休憩。前面不远处，是蔚蓝宁静的大海，"面朝大海，春暖花开"，诗人海子形容的就是此情此景吧?!

油菜花不甘示弱，一大片的金色的花的海洋呈现在你面前，中间一条古色古香的小道，留影的人们摩肩接踵。

在农村，金灿灿的油菜花谁没见过？但物以稀为贵，在城市，油菜花受到了前所未有的欢迎。

天空湛蓝一片，金色的油菜花开得兴高采烈，看花的人在花中笑，仿若是一幅颜色分明的山水画呢！

"一路花开一路铃，风吹铃乱笑娉婷。时而沉默寻春梦，亦会枝头泪眼盈。"黄色风铃木花最为抢眼，这种树可真有个性，树身又高又直，像北方的白桦树一般。

它似乎没有叶子，只有花，一朵朵黄色的娇艳的花，大大小小的，齐齐点缀在枝头，比油菜花更让人惊叹。

那是怎样的一片金黄色啊！透过明艳的花瓣，你看到的是湛蓝如洗的天。黄色的花，蓝色的天，这样诗情画意的结合让你心旷神怡！

三四个星期过去，黄色的花瓣纷纷掉落，铺在绿色的草地上，让人心生叹息，真像诗人叶芝说的那样："金黄的落叶堆满心间，我已不再是青春少年。"

"万红凋落尽，留住隔年花。独艳迎人笑，残妆带雨斜。"山茶园里，花开得正盛，沿着马路的一边，红色的山茶花躲在茂盛而浓密的绿叶间羞答答地开放了，有些像热情似火的玫瑰，又有些像妖娆多姿的月季。

粉红的山茶花最为娇艳，层层叠叠，晶莹剔透，难怪名字叫作"赛牡丹"呢！白色的山茶花一片雪白，看起来比栀子花的花瓣小巧玲珑一些，模样比栀子花文雅秀丽一些。

还有一种红白相间的山茶花，真是别具一格，红的白的两种颜色镶嵌在一起，你会由衷地赞叹，真是大自然的神来之笔！

一朵山茶花不算胜景，最让人赞不绝口的是十几朵山茶花争先恐后开放在一株山茶树上。

茂盛的绿叶衬着红花，开得恣意，开得出彩。粉色的山茶花一朵朵娇嫩明艳，惹人无限怜爱。

簕杜鹃花一丛丛五颜六色，扶桑花不输姿态，光彩照人。这花，那花，让山茶花一比，就似乎了无颜色。花儿开得这么好，雨后的露珠在花朵上若隐若现。

我想用手机全部拍下来，我想留下这个生机盎然的春天，我想留下这些鲜花一生中最美的年华。

此时此刻，我想起了那首诗：

那天花很美

风也温柔

你在我面前

我看着你

爱了一回人间

你好，毛枝伯伯

在我的老家，在我的心中，我觉得毛枝伯伯是一个与众不同的人。他身材高高瘦瘦的，几十年没有什么变化。老实说，他有些像莫言的小说《白狗秋千架》改编成的电影《暖》里面郭晓冬扮演的男主人公。

他的头发永远是精神的，他的衬衣永远是白净的，他的语言永远是慢条斯理的，与周围的农村人的衣着言行形成截然不同的对比。

毛枝伯伯与父亲同年，听说由于他从小做事醒目机灵，被村支书看中并挑出来培训，学做赤脚医生，继而做了一辈子的赤脚医生。

虽然他和父亲同年，但是他与一辈子做农活的父亲相比，似乎小了一二十岁，好像岁月在他那就是过得慢条斯理的，像他说话那样让人不得不相信。

毛枝伯伯在村里算是个见多识广的人，当时他听说我辍学了，其实是我发现自己数学严重偏科，考不上录取率只有百分之五的中专，我不想浪费父亲借来的高利贷学费，就借故辍学了。

他看到我在家无所事事，十五岁，除了做农活，什么也干不了。他提议，不如去县城做点事，比如去餐馆打杂刷盘子，比如去人家家里带带孩子做做家务。

我心想，农村没书可看，不如去县城，还可以尝试自学这一条路，主要是得有书本和机会。好！我打定了主意。

过了不久，毛枝伯伯帮我介绍了一个供销科长家里的打杂差事，当我第一次在外人家放下自己的行李时，我内心是惶恐的，也有一丝屈辱。

我，也像日本电视《阿信》里的贫穷小女孩，小小年纪就要出卖自己的劳动了。供销科长的女儿比我小一年，穿得花枝招展，像一个受宠的小公主，供销科长和他体弱多病的老婆给我说了一通他们在外的奋斗经历，我在地铺上度过了一个浑浑噩噩的晚上。

第二天，女主人叫我去铺床，我掀开枕头，床上赫然放着六张红彤彤的百元钞票，我立马把钱拿给女主人："阿姨，你的钱要放好！"女主人高兴地笑了笑。天真单纯的我怎么也没想到，我无意中通过了一场品质"测试"。

第二天中午，我打定主意回家。我知道我是一个自尊心极强的人，供销科长的女儿小我一岁，她是小姐，我是保姆，我干不了这个活。家里不会饿死，我还是另寻他路。这碗饭，村里几个女孩干得好好的，但我干不了。

女主人极力挽留我，看我决意要走，可能是我的"拾金不昧"，女主人对我有些刮目相看，她拿出几瓶当时很珍贵的营养品麦乳精送给我，我只拿了一瓶。

她问我还想要啥尽管说，我挑了一本在农村朝思暮想而寻觅不得的《红楼梦》，厚厚的一大本书，我背着这两样东西高高兴兴地回家了。

到了村子田头，我看到母亲在田间种油菜，而且，一贯坚强的她正在抹眼泪。旁边一位邻居伯伯大声说："你看，你刚才一直念叨的小女儿回来啦！"母亲一句话也没有怪我。

我的一天的保姆生涯结束了，可是我永远都会记得这一件记忆深处的往事，它成了我在外奋斗的无穷动力。幸好，毛枝伯伯从未责备过我一句话。

在我们那里，被推荐的人只做了一天就撂挑子，怎么说，推荐人也会受到别人的言语责怪吧?！但是，毛枝伯伯提都未曾提及，好像这件事从未发生过，好像他知道说起来会伤了我敏感自尊的心吧?

后来，我就出来打工，不知怎么回事，我一直把毛枝伯伯看成一个富有远见、值得信赖的人。二十多年前，当时的我十八九岁，曾经偷偷喜欢我们的小学班长，他考了师范中专，在我们当年那个小学里教书，已经当上了小学的校长。

当时，打工的我正在自考大专文凭，年少的心总是很狂热，我想给他写封信，虽然是一件没有结果的事，我又怕遗失惹人笑话，我左想右想，想出了一个办法，我寄了一封信中信给毛枝伯伯，让他带给我的小学同学，这下可就万无一失了。

因为我知道，毛枝伯伯作为乡村医生，每天都要骑着单车出诊看病人，毛枝伯伯什么也没多问一句，更没和我的家人提起。

同学联系上了，可谁也没想到，一年后，这个开朗优秀的同学因为心脏病英年早逝。我曾经在信里说，我想考一个大学文凭，就是不想落在他后面太远，因为我也是一个努力向上的人。因为有这两三封信，我青春的暗恋终于画上了一个圆满的句号。

在我们那个人言可畏的老家，毛枝伯伯没有嘲笑我这个不知天高地厚的黄毛丫头，而是为我保守了这个唯一的秘密，对他，我充满了无言的感激。

这些年，我一直在外面，在异乡的岁月早已超过了在家乡的日子。父亲有时碰到他，他总是体贴地说，一个妹子在外学习，打工，安家，不容易啊！

前年，我带着孩子去他的诊所玩，他开怀大笑，特别惊讶，孩子都这么大、这么高了，也许我这二十年很少回家，也许我在他眼里还是当年那个不谙世事的黄毛丫头呢！哈哈哈！

毛枝伯伯，一晃也快七十岁了，他现在还在当乡村医生，女儿出嫁，老伴去世，他还是瘦瘦高高的身材，只是面容已不复当年的神采，而是添了些慈祥和蔼的笑容。

毛枝伯伯一个人住在一幢靠着河的街边平房里，屋前是一条波光粼粼的河，屋后也是一条波光粼粼的河，远处有金灿灿的油菜花，有热闹的鸡鸣声，偶尔的狗吠声，娃娃们的吵闹声。

毛枝伯伯，常常就坐在屋后的河边听风遐想吧？年近七十的人，谁不是一本丰富多彩的大书呢？！

看见过我最困难狼狈的一幕，看见过我最年少轻狂的一幕，他仍然默默无语相信这个大大咧咧的我。

我想由衷地说一句："你好，毛枝伯伯！"

家乡的油菜花，真美！

家乡的三月，油菜花开，在我的心目中，这是最美丽的季节。

我的老家在湘北平原，没有山，偶尔的小山包都在远方，目之所及，到处都是一马平川的水田。井字形的田野一望无际，村落房屋星星点点散落其间，一到二三月，最亮眼的油菜花风景登场了。

"天街小雨润如酥，草色遥看近却无。"你看，好不容易过了一个寒冬，青草泛绿了，各种植物蓬勃地生长着，树叶绿油油的，好像在一夜之间，油菜花就开遍了田野。

那金黄的、金灿灿的油菜花自由自在地生长着，油菜花的秆呈新绿色，叶子近椭圆形状，深绿可爱。金色的花，一朵朵，一簇簇，在风中摇曳生姿，蜜蜂在花间叶间嗡嗡嗡地叫着，在花丛中忽上忽下地飞舞，就是人来了，它们也不会有半点惊讶，它们照样勤奋地忙碌着。

我们这些淘气的小孩找来几个玻璃瓶，在油菜花间捉两只蜜蜂放入瓶中，蜜蜂急了，在瓶中嗡嗡地乱碰乱撞，调皮的孩子也会心软，还是放了它吧，让它干活去！

"篱落疏疏一径深，树头花落未成阴。儿童急走追黄蝶，飞入菜花无处寻。"这首诗写得多好啊！短短的二十八个字，用词优美，生动有趣，一幅幽静明媚的乡村风景画恍若在眼前。

十岁那年开始，父亲叫我去打猪草，这活儿一点不让人讨厌。我挎着一个菜篮子，带上一把小铲子。油菜花开遍了田野时，猪最喜欢吃的黄花菜也正当时，这种嫩嫩的开着小黄点点花的黄花菜就喜欢长在油菜花秆下、田埂边上。它们三五成群，一丛丛聚集而生。

我和小伙伴，一会儿打猪草，一会儿追蜜蜂，遍布田野的油菜花就是我们的天堂。有次，我看到表姐采草药卖了二十多块钱，我也很羡慕，草药没得采了，表姐她们开始挖泥鳅、挖鳝鱼，我也想挣点零花钱。

我打好一篮猪草，拿出早就准备好的两个塑料盆子、一个小桶，我看好在一个水沟挖，准备大干一场，泥鳅一斤卖几块钱呢！

日当正午，三月的太阳已经有些火辣厉害了，油菜花悠闲自在尽情地开着，我一个人站在臭水沟里，黑泥巴、腐乱的草、螺蛳，这些都不打紧，得小心石头、玻璃啥的扎脚，我弯着腰挖了五六米远，真奇怪，连泥鳅鳝鱼的影子都没见着，我又累又渴。

两个多小时过去，除了一身泥巴和水渍，一无所获！我抹了一把脸，挣钱真难啊！我的心情真是无比沮丧和低落。

那次，我正在打猪草，村后的油菜花有些像梯田一样在眼前蔓延，到处是这金色的花的海洋。我看见我的一个远房堂姐远远地过来了，堂姐面庞清秀身材苗条，她刚刚找了一个后生对象。

两个人来她姨妈家做客，就在我家的对门，要经过一道浅浅的水湾，堂姐撒娇，后生弯下腰，背着堂姐过了小水湾，后生没有放下，继续背着她走在油菜花的田埂上，他们可能以为周围没人看见咧！

那后生也是秀气文静，两人不久结婚了。一晃三十年过去，现在他们唯一的儿子也找了不错的工作，今年结婚了，听母亲说堂姐很快就要当奶奶了。乡村人的一生，一眨眼过得真快啊！

有时，我又喜欢一个人独行，自由自在。你想，到处都是灿烂的风景，到处都是粗壮的黄花菜，打一篮子，跑上几条沟坎就差不多了。

打完之后，我就在油菜花地边的田埂上坐着，身边是青草淡淡的香气，天上有时白云朵朵变幻莫测，有时万里无云蔚蓝无边，乡村的三月真安静啊！在明晃晃的一片花海中，你可以惬意得什么都不想，你又可以想得很远，很远。

这朵云它最终要飘向何方呢？这阵风最终要吹向何处呢？这朵花绽放了，它的一生就走向了尽头吗？这只蜜蜂它去过哪些山川田野呢？再过十年，我长大了，会像堂姐一样，找一个农村的后生，建一个房子，生一个娃娃，就这样风平浪静地过一生吗？

不，我想去看一看大海，我想去远方闯一闯，我想去一个有很多书的地方，迷茫的我在油菜花的田埂边，不间断地做着远行的梦，就像《平凡的世界》里的孙少平一样。

我喜欢看书，对各种杂志和书百看不厌。我对油菜花也是百看不厌，因为我曾经天天在油菜花地里打猪草。在那一片金灿灿的油菜花田里，有我蹒跚而行的足迹，有我贫穷而又丰富的童年，有我无数次遐想过的梦想与远方。

三十年后，我已经实现了我最初的梦想。三十年后，在我看了无数旖旎的风景之后，我仍然要说，家乡的油菜花，真美！

我和唐诗有个约会

那天，有个朋友看我的朋友圈后说，林子老师对诗歌随手拈来啊。她不知道，我对唐诗的倾心热爱，要追溯到小学三四年级的暑假呢！

那时，在我们湘北那个平原小乡村，小说和书是稀有之物，《今古传奇》《隋唐演义》《说唐》，倒是有几本，都是被翻得无头无尾又破又烂的那种。

后来，琼瑶的小说大行其道，至少在邻家大姐姐的床头觅到过几本。没书怎么办？我们只好看上学的课本，翻来覆去地看。

暑假，镇日长闲，天那么热，狗在屋檐下吐着舌头，知了在柳树梢上不知疲倦地叫着，风一丝也没有，太阳火辣辣地炙烤着，好像要把门前马路上的砾石熔化掉，天太热，我们这些猴儿也不敢出门。

姐姐捧着一本《新华字典》找有趣的字图看，我捧着一本暑假练习册，因为我在这里发现了一个新大陆，这本不厚的册子里有几首配图的古诗，像《垂钓》："蓬头稚子学垂纶，侧坐莓苔草映身。路人借问遥招手，怕得鱼惊不应人。"

古诗旁边是黑白的字，配图的画也是黑白的，一个调皮可爱的挽髻男孩正在草丛边垂钓，生怕被人打扰，鱼会跑掉的样子，那种憨态可掬的顽皮尤为可爱，我一下子就喜欢上了这唯一的读物。

王安石的《梅》《泊船瓜洲》，李白的《静夜思》《赠汪伦》，我有模有样地喜欢上了看古诗。有志者，事竟成。十岁的我趁着夏日长闲的时光还琢磨出了一首下联：无志人，万事空。

当年十岁的我表示，绝不做无志成空的人，要做一个积极向上的学习人，人的一生应该有梦想，应该为实现自己的梦想去奋斗。

儿子六七岁时，容易生病，我经常请假，在家休息时，为了解闷，我就拿出一本《唐诗三百首》，这本书编得真好，里面不光有文采斐然的诗句，还有飘逸优美的配图，人物的，风景的……

一片绿草茵茵的草地上，一位身姿魁伟的将军正手持一把宝剑，一位文质彬彬的诗人正在拱手道别，旁边的松树郁郁葱葱，到了分别的路口，离别之情，欲语还休。原来这是孟浩然的《送朱大入秦》："游人五陵去，宝剑值千金。分手脱相赠，平生一片心。"

我看着临摹一幅，孩子也临摹一幅，孩子的观察力强着呢！大人画得呆板，孩子画得虎虎有生气，真叫人刮目相看呢！

有次，一年级的儿子说，老师表扬他了。原来班上背诗，儿子背了一首白居易的《草》，别人背四句，唯独儿子背了八句，老师有点吃惊，再让他背一首，儿子又背了王安石的《梅》，老师问谁教的，儿子骄傲地说，妈咪教的。

从那时起，我们在上学放学路上背诗的劲头更足，儿子再也不反感背诗了。一到暑假，我们就回乡下的外婆家，他每天背个三四首古诗就可以看几集动画片。

一个八九岁的娃娃，对着屋头的小池塘，对着门前亭亭玉立花开映日的荷花塘，口里哇里哇啦地念念有词，不出二十分钟，三四首古诗就胜利背完了。

上了初中，儿子说还是喜欢李白的恣意豪迈、才华横溢。"天生我材必有用，千金散尽复还来"，气势雄浑，真乃大手笔也！

我觉得，我们的汉字真是太神奇了。你看，一首诗，或五个字一句，或七个字一句，作者自由组合，出口成章，四句，就可以任意表达很广阔的含义，诗中有画，画中有诗。

你看，王维的《鹿柴》："空山不见人，但闻人语响。返景入深林，复照青苔上。"这短短的二十字凝练地描绘出一幅多么优美的山林图，给人以诗情画意的享受。

"迟日江山丽，春风花草香。"我喜欢这样生机勃勃的春天。"江南无所有，聊赠一枝春。"我喜欢这样隐约含蓄的春天。"草枯鹰眼疾，雪尽马蹄轻。"我喜欢看这样千里层云与大地连成一片，辽阔无垠的场景，将军射猎时的豪迈气概真叫人神往啊！

我们的汉字，音、形、义结合，千变万化，延伸无限，两三千常用字，走遍中国各地都够用，不仅如此，还可以自由组合成多少词组，可以表达出多少意境和心情，文字押韵，读来朗朗上口，悦耳动听。

我们的汉字，我们的古诗，我们的诗词歌赋，真是妙不可言啊！

你看，英文二十六个字母，词汇量很大，要看懂莎士比亚戏剧，听说非得要十万词汇量，十万个单词，得让孩子们记多久，多么难为人啊！哈哈哈！

从前的我喜欢李白的那句"长风破浪会有时，直挂云帆济沧海"，喜欢这种壮志满怀欲上青天揽明月的豪情。人到中年，我倒是越来越喜欢王维笔下空明澄澈的无为之境。

你看《山居秋暝》："空山新雨后，天气晚来秋。明月松间照，清泉石上流。竹喧归浣女，莲动下渔舟。随意春芳歇，王孙自可留。"此景此情，只可意会不可言传。妙哉！

我喜欢东晋陶渊明的"采菊东篱下，悠然见南山"。我喜欢白居易的"绿蚁新醅酒，红泥小火炉。晚来天欲雪，能饮一杯无"。人到中年，对很多事就看开了，可为，可不为，心情自然就开阔洒脱了。

儿子写作业，我看看书，有时，抄一抄唐诗，看一看那些意境优美情景交融的配图，不失为人间一大赏心乐事。

我喜欢古诗，从儿时到现在，无缘无故的喜欢，发自内心的喜欢。"桃花流水窅然去，别有天地非人间。"生活喧哗浮躁，唐诗给了我一个别有洞天的世界和远方。

唐诗，我的灵魂伴侣，我们要一直约会下去哟！

迷人的香山湖

这两年，珠海的小伙伴又多了一个迷人的好去处——香山湖。

假期，香山湖公园门前经常人山人海，摩肩接踵。远远望去，几栋雕栏画栋的岭南建筑，黑瓦白墙，古色古香的岭南特色，凝重，大气，又不失玲珑。屋檐上精致美观的雕栏好似龙飞凤舞，一左一右，真让人叹为观止。

屋前的一棵树吸引了众人的眼睛，这真是一棵与众不同的树，它的肚子大大的，像个椭圆形的花瓶，又像一个弥勒佛的圆肚，树身上，开着一片灿若云霞的紫荆花，姹紫嫣红。叶子，只有稀稀疏疏的几片，树枝们旁逸斜出，花期正盛，花开正艳。冬日的元旦，它给我们带来了一片喜气洋洋的氛围。

原来，这是一棵面包树，巧手的园艺师嫁接了紫荆树的花，真让人惊叹不已啊！

这里我发现了三株茂盛的绿树，开着白色的花，一簇簇，一团团，花团锦簇，花瓣硕大，洁白如雪，绿树白花，别具一格，好像以前从未见过此种花。

原来，这是白色的簕杜鹃花，真叫人不能相信，簕杜鹃有红色的，有紫色的，竟然还有白色的，园艺师们真是无所不能啊！

洗心堂的"洗心"两个字矫若游龙，门的两边刻着精致的雕花图案，栩栩如生，活灵活现，镂空四角花纹，看起来精美无比，可见师傅们的手艺如何精湛，巧夺天工。

屋子里面，引人侧目的是桌上的一只小鹿雕像，它看起来平静安详，眼睛微微闭着，低头而眠，它头上的角参差不齐，斜逸旁出，小鹿憨态可掬，似乎睡得十分悠闲惬意呢！

走上像波浪一样起伏的栈道，一波一波的游人簇拥而行，褐色的红木，一条条，井然有序，两边有围栏，一直伸向远方。

前方是绿色的山，绿树成荫连绵而行，天，湛蓝一片，碧空如洗。围栏旁边的草地上，时不时开着一片红艳艳的簕杜鹃，像一片红彤彤的云。

香山湖水像一面镜子，水波不兴，水平如镜，又像一面绿色的翡翠。水面上，一座白色的拱桥横跨两岸，旁边的屋子也是岭南水乡的风格，黑色屋顶，红色柱廊。

此时，你站在桥上，微风轻拂，放眼望去，绿树满眼，红花点缀。你想起了卞之琳那首有名的诗："你站在桥上看风景，看风景的人在楼上看你。明月装饰了你的窗，你装饰了别人的梦。"瞬间，你感觉情景交融，别有一番滋味在心头！

映着屋后的青山，青葱翠绿，层峦叠嶂，连绵起伏，游人如织，如诗如画，真是"舟行碧波上，人在画中游"啊！

走在湖边，迎面吹来阵阵凉风，看看湖里的鱼儿，一群群结伴而行，几只银灰色的鸭子在水上嬉戏，它们一会儿扑打着翅膀，一会儿嘎嘎地高声歌唱，似乎怕谁不知道它是这里的主人似的。

两只黑色的天鹅正在悠闲地戏水，它们的嘴是红色的，引人侧目，真正是"鹤立鸡群"啊。微风轻轻拂来，湖边的一片芦苇丛在轻舞飞扬，我的思绪也随着这风、这芦苇飘向了远方。

我喜欢香山湖的一山一水、一草一木，我经常来此散步，走上几公里，只为看一下沿途的花花草草，好像就是为了见一面熟悉的老朋友，好像下雨也惦记着有没有完成散步的任务。

我一边走着，一边看着，一边还想着一些事情，这草上的雨珠快干了？这新开的花有几瓣？这件事能不能作为文章的素材？就像作家太宰治说的：我想要的，只是一束蒲公英花的信赖，一片莴苣叶的慰藉，甚至不惜为此枉费了一生。

汪曾祺也说，一定要爱着点什么，它让我们变得坚韧，宽容，充盈。

我想，迷人的香山湖，它的一草一木，生动地告诉了我这一点：人生那么长，迟早都会到达尽头，何必那么赶紧着急呢？

人在有闲的时候，最像一个人。此时此刻，我愿意做香山湖边的一株随风摇曳的芦苇。

野狸岛的海，你好！

一月的尾，二月的初，正是生机盎然草长莺飞的季节，我来到了期待已久的海边。

如果有人问，中国最浪漫的路是哪一条？珠海人会认认真真地告诉你，珠海为啥叫"浪漫之城"？就是因为我们有一条美不胜收、旖旎而行的情侣路啊！

情侣路全长近三十公里，一路椰林飘飘，海风阵阵，游人如织。沿着这条蜿蜒盘旋的情侣路来到野狸岛，远远望去，两个巨大的银色贝壳相互依偎，日贝，月贝，相亲相依，在太阳底下熠熠生辉，很像早就闻名于世的悉尼歌剧院的造型。

晚上，才是日月贝的高光时刻，它一会儿变幻成一个红彤彤的灯笼，一会儿又变幻成一幕蔚蓝的大海，一会儿又变幻成一枚晶莹剔透的翡翠，一会儿又变幻成一片粉色的朝霞，一会儿又变幻成一个金黄的橙子。

灯光师的巧手，让日月贝时而五彩斑斓，时而神秘莫测。近年，它更成了珠海的新名片。

沿着海边的情侣路走去，五颜六色的鲜花竞相开放，鲜红欲滴的山茶花，一树红色多妖娆，枝头春意闹。

随风翩翩起舞的格桑花，千姿百态、千娇百媚的波斯菊，红彤彤的扶桑花也是一丛绿叶红花，好不抢眼。

一路走来一路花，真让人应接不暇、眼花缭乱。所以，当一片巨大的金灿灿的油菜花映入你的眼帘时，你大概会欣喜万分心潮澎湃吧?!

油菜花，家乡的油菜花也来到了这四季如春的南国。绿油油的叶，挺直有力的秆，生机勃勃的样子，一株，两株，三株，数不胜数。

那样金黄明眸的笑颜，一下子让你想起了朝思暮想的家乡，一下子让你想起了在油菜花里打猪草的童年岁月。

你眯一下眼，二十五年，弹指一挥间，在这里，在这一片金色的花海里，你对自己说，我还是那一个青春嫣然的少女吗? 油菜花，也许今晚会进入你的梦中，会告诉你那个远行的答案。

海，就在你的眼前，就在你的耳边，就在你的周围。海，风平浪静的海，秀丽温柔的海。

挺拔的椰子树，笔直的树身，颀长的叶，在风中起舞，惹人赞叹。海上，有小船出没，有白色的邮轮驶过，有点水而飞的海鸟，有若隐若现的小岛。

这个时候，你想起往日的某些忧愁，你会哑然一笑。比大海更加广阔的是人的胸怀，海阔天空，不忘初心，眼前的一切让你的心变得沉静，让你的忧愁不翼而飞。

海，给予我们的，不仅仅是如诗如画的风景，还洗涤了我们浮躁喧嚣的心灵。难怪人们常说，大海啊，我们心灵的故乡。

朝气蓬勃的青年，面对波涛悠悠的大海，心中的豪情喷薄而出: "长风破浪会有时，直挂云帆济沧海。"

海的远处，有一条蜿蜒而行的游龙。细细一看，原来就是近年闻名遐迩的港珠澳大桥，它全长五十五公里，历时十年建成。

一项前无古人的岛桥隧伟大工程终于落成通车，英国《卫报》称它为"世界第八大奇迹"。

它像一条银色的带子，连接着香港、澳门、珠海三地。林鸣总工程师说过一句话，修此桥前，我们在桥梁方面是小学生，完工时，我们已经大学毕业了。

我们国家硬是靠着自力更生、奋发图强的精神完成了这一桥梁史上的壮举。它是我们中国人民智慧的结晶。

"胜日寻芳泗水滨，无边光景一时新。等闲识得东风面，万紫千红总是春。"此时此刻，我只想面朝大海春暖花开。

此情此景，欣喜之余，我只想热情地问候一声：野狸岛的海，你好！

人生最怕什么

有时我会问自己，人生最怕什么？今年我就四十四岁了，走过了人生路的一半路程，我的生活之路有点单纯，我一向跟着感觉走，人生最怕什么呢？

两年前的七月，人生最大的噩耗向我袭来，我正在上课，打算几天后就回老家看望乡下的父母。谁知几天都没等到，姐夫姐姐连续打来的电话几乎让我窒息："父亲脑梗死，严重中风，脑出血，在 ICU 抢救。"

我们一家立即启程，当我赶到家里时，六十七岁的父亲还在昏迷，所幸他命大，捡回半条命，但是脑梗死脑出血导致半边瘫痪，中风只能事先预防，既成事实已无力回天！

这一幕让我痛彻心扉泪如雨下，父亲一直嗜好烟酒，这个多年的爱好让他的血管早已弱不禁风，我整整哭了一个月。

我想起二十五年前父亲送我第一次出门打工的情景，想起他在珠海上班当保安的日子，想起他带着我的孩子从一岁到八岁的漫长光阴，父亲，那么高大魁梧的父亲，一米七五，一百四十斤重的一个大个子，从此就站不起来了。

有没有那样的山能阻挡命运的乌云

保佑从来不平坦的路程

有没有这样的水能洗去所有的沉迷

让众生轻盈……

每当听到李健的这首《水流众生》时，我都如临其境热泪盈眶，有没有那样的山能阻拦命运的乌云？我多么期望能阻挡父亲头上袭来的这朵乌云……

以前的日子，家里没有劳动力，父亲是独子，无人帮衬，家境贫穷，现在生活好了，父亲又永远站不起来了，我真后悔没有强制他戒烟戒酒，没有强制他不吃肥肉，没有强制他在疝气手术后加强活动反而长胖了……

哎呀，世上没有后悔药啊！我真真切切地感受到，大病来袭，人生最怕。

前段时间，儿子用手机半天下不来，我的长劝短说也难以奏效。我干脆直言，中考只有一次机会，不像高考，社会青年还可以参加高考。儿子，如果你现在玩游戏的时间一多，中考考得不好，你没有尽力，会后悔的。如果你现在少玩一点，尽力地去做题，明年的中考，考得好与不好，你都没有遗憾没有后悔。人生最怕"后悔"这两个字！儿子睁大眼睛说："妈，你早点这样讲嘛！你这段话还是有点道理的。"

我说，二十多年前，人家跳舞溜冰的时间，妈妈我都用来了考试学习，现在我已经实现了我百分之八十的梦想，找到了自己喜欢的工作，拥有了比较自由的时间。

回头看看，我一点都不后悔，而且这是我一生中最为骄傲的事情。在最迷茫、最黑暗的青春年华里，我没有虚度时光，我脚踏实地去努力，知行合一，我对得起自己，就是现在去见马克思老人家，我也没啥后悔和遗憾。

儿子，你想想看，你将来会不会后悔？谋事在人，成事在天。我们要凡事尽力而为嘛！儿子听完做作业去了，他自己提议把游戏时间减少到半小时。

这一番话让他醍醐灌顶，真是踏破铁鞋无觅处，得来全不费功夫。

这是我亲身的经历，我想了一想，人生有两怕，一怕大病，二怕后悔，所以现在我每天散步一两小时，没有健康就没有一切，没有健康这个"1"，后面再多的"0"毫无意义。

孩子是独生子，将来四个老人怎么办？孩子不工作啊？所以我得把身体锻炼好，争取自由自在地生活，争取看看诗意的远方。

"想起一生中后悔的事，梅花便落满了南山。"诗人张枣的这句诗风格绮丽，意味深长，我非常喜欢，但是我宁愿此生没有这样感同身受的怅惘。

天有不测之风云，人有旦夕之祸福。人生的各种遭遇，怕也无济于事，那就尽人事，听天命，少后悔，足矣！

暖阳中的香山驿站

今年的冬天，大家看了网上的文章，都说是近几十年里最冷的一个冬天。果不其然，寒风呼啸而来，人人加衣，个个叫冷，珠海这个一贯四季如春的城市也领教了一番寒冬的滋味。

今天早晨，窗户上的一缕金色的阳光直射进来，比昨天暖和多了，我一跃而起，快快梳洗之后，急步向我的香山驿站走去。

珠海以前的阳光太多，大家都习以为常，在几天的寒冷体验之后，个个人都觉得这金色的阳光多么可亲可爱！

一到香山驿站，最亮眼的是两株开得正艳的簕杜鹃花，它们似乎忘了现在是三九寒冬，凤凰花、龙船花都纷纷谢了，可它俩仍不想辜负这冬日的艳阳。

两株簕杜鹃花开得正好，紫色的花，一朵朵，一簇簇，红的花，绿的叶，掩映其间，姹紫嫣红，好像天边的一片云霞落在了驿站后山的一片草坪上。

珠海历来都有许多鲜花盛开，紫荆花、凤凰花、龙船花、使君子……我最喜欢的还是这野蛮生长的簕杜鹃花，难怪它被珠海人民选为光荣的市花。

你看它，无人看顾，自然生长，饮雨露，吸晨风，它仍然开得烂漫多姿，这份倔强无花可比，这份灿烂，叫人如何不仰慕！

在香山驿站，最让人惊喜的就是那一片蓝天，前无遮挡，后无障碍。那样蔚蓝的一片天空直入眼帘，蓝，蓝得纤尘不染，蓝得毫无杂质，蓝得令人屏息赞叹！

驿站后山上，野草仍在蓬勃地生长，几丛树枝仍然挺拔，它们也忘了这是在冬天，正是北国银装素裹寸草不生的冬天。

湛蓝的天，苍翠的树，蓬勃的野草，随手一拍，就是一幅诗情画意的珠海蓝，发到朋友圈里，准引来湖南老家人的一片艳羡之情，多好的蓝天，多好的天气！珠海蓝，羡慕！珠海蓝，骄傲！

驿站的后山坡上，两个精致的六角亭，红柱红瓦，古色古香，旁边的紫荆花开得零零落落，几株不知名的大树直插云霄。

亭子前种了十几株月季花。这个季节，月季还在开放，虽然每株只有珍贵的一两朵，但物以稀为贵，一个含苞待放的花骨朵，在风中微微点头，一朵姿态万千的月季花，正开得百媚千娇，红红的花瓣鲜艳欲滴，惹人无限怜爱。

九时，阳光正好，几个老人在亭子里悠闲地坐着，听着收音机里咿咿呀呀的粤曲，他们神态平和，怡然自得，又好似在回忆当年的青春往事。

太阳明晃晃地照着，暖洋洋的微风里，一个老人牵着两只小狗来散步，白色的那只狗穿着蓝白条相间的衣服，个小一点的狗穿着红黄针织背心，它俩一看就是形影不离的伙伴。

在冬日的阳光里，它们不像平日那样打闹，而是慢慢地坐在走道上，一前一后，相望着，默契着，享受着这难得一见的暖阳。

看看这样的惬意时光，"采菊东篱下，悠然见南山"，五柳先生的这句诗说的就是此情此景吧。

一个人的海

作家周国平说："世上有味之事，诗，酒，哲学，爱情，往往无用。吟无用之诗，醉无用之酒，读无用之书，钟无用之情，终于成一无用之人，却因此活得有滋有味。"读罢此句，拍案叫绝，深以为然！

今天，此时，此刻，香山驿站，我只想做一个无用之人。

琼瑶和亦舒的小说，你曾喜欢哪一款？

20 世纪 70 年代出生的人，大概都记得，我们那时候最流行的小说是金庸的武侠系列小说，女生们最为着迷的是琼瑶的言情小说。当时的农村几乎无书可看，《故事会》《今古传奇》《隋唐演义》倒还有几本。

当时，琼瑶的小说正在走红，大行其道，《窗外》《在水一方》《几度夕阳红》《彩霞满天》《一帘幽梦》……

这些令女孩子废寝忘食津津乐道的言情小说广受欢迎。70 年代，80 年代，注重个性、注重感受的小说和歌曲风靡一时，就像邓丽君的歌一下子红遍了半边天。

老实说，琼瑶的文学功底很好，小说文笔优美，故事感人，加上诗情画意的诗词加持，一时风头无两。不过看多了，经常是一个富家少爷和贫家女子的故事范本。

也许每个女人心中都有一个浪漫的白马王子，期待白马王子把她从煎熬的生活中拯救出来，而在现实中，我们常常被生活打回原形，现实是残酷的，过于追求浪漫可能适得其反。

我有个朋友，也是老乡，当时二十五六岁，谈了一个即将婚嫁的男朋友，小伙子大学毕业，工作可以，两人凑钱在城郊买了个房子，准备结婚，老乡却第三次提出分手。

原来她从一件去医院的事中觉得男生不够诚意，平时不够浪漫，就是不像琼瑶小说里的男主那么好，我好说歹说也劝不回头。

我说："照你这个标准，我们这些结婚几年的夫妻都得离婚，又不是大缺点，又不是原则性的问题，但老乡执意要分。"

当时金融危机，行情不好，工作不稳定，她就回了老家，回了我们那个三四线的小城，人是回到了亲人的身边，可是出来十多年的人，要回去适应那种关系网比蜘蛛网还密的小县城，我都替她忧心忡忡。

在广东，她换个工作一点不难，回到我们那个企业很少的小县城，钱也不好挣，唉，我不知道后来她遇到更好的人没有，我只是感觉，她一定会为她回老家改变了自己人生的走向而有些遗憾吧？

在老家，我未看过亦舒的小说，现在，倒是看到不少公众号的作家比较推崇她的作品，亦舒文字老练，看事通透，寥寥数语，直指人心，不愧为"师太"的称号。

她说，我们为什么要读大学？不就是因为如果别人不喜欢我们了，我们可以转身就走，保留自己的尊严。我真禁不住为之拍案叫好！

她的金句很多，有些是对世事人情的看法，有些是简洁幽默的调侃，她叫我们女的不要整天恋爱上脑，情呀，爱呀，比天还大。

亦舒直言，女子应该读书，有一份安身立命的工作，凡事应该依靠自己，而不是把希望寄托在丈夫身上。哪一个人都靠不住，唯有靠自己。

她的小说，写职场、情场最多，她笔下的女性聪明，冷静，能干，有头脑，有尊严，比琼瑶笔下的女主明显多了自立的能力。

我也同意云南华坪女子高级中学张桂梅校长的话：好不容易读了大学，还要去做家庭主妇吗？当然，你笃定你自己遇到的丈夫一辈子对你好？人生几十年，对你一如既往地好，很难，女人要结婚，要生孩子，要持家，要教育孩子，但是再忙碌，女人还是应该有自己的工作和事业。

十八岁的我进了社会之后，我就讨厌起那些整天言情的小说，生活不是风花雪月卿卿我我，加班打拼立足城市哪一样都煎熬。我也讨厌童话故事的结尾：从此以后，王子和公主过上了幸福的生活。几年，十年，二十年之后呢？

亦舒非常喜欢鲁迅先生的小说《伤逝》，当时我在《中国现代文学史》上看到这篇小说，我为之震撼。

《伤逝》写的是一个爱情的悲剧。涓生是一个大学生，他和作为新青年的子君冲破封建的樊笼同居了，当时民生潦倒，处处失业，涓生在外为生计奔忙，子君做了家庭主妇，养了一群小鸡以补家用。

天长日久的一年后，涓生回到家，与嘴里眼里全是小鸡的子君逐渐没了共同语言，涓生决定离去，子君无法接受如此结局自杀身亡，涓生愧疚于心，写下了自己无尽的悔恨。

鲁迅先生在小说中说了一句振聋发聩的话："爱情，必须时时更新，生长，创造。"

亦舒拿这两个男女主的名字另写了一个故事，成了发生在我们身边的《伤逝》，结尾当然不是以前的结局。而是女主被抛弃之后，痛定思痛，走上社会，摸爬滚打，有了自己的事业，收获了另一番精彩的人生，这就是前几年很火的电视剧《我的前半生》。

　　我崇拜鲁迅先生，我喜欢作家亦舒，我记住了他俩苦口婆心的忠言，我要做一个自己买花戴的女子。

再见，我的 2020 年

2020 年，无论对于国家还是个人，都是浓墨重彩的一年。去年的此时，新冠肺炎疫情来袭，国人头一回在家过了一个禁足年。

所幸我们有钟南山爷爷这样一批德高望重的国士指导，有"最美逆行者"医护人员的无私奉献，有我们政府严格的督导和民众的配合，半年后形势好转，我们终于可以不用戴口罩了，终于可以看一看久违的超市与商场了。

就在国外的新冠肺炎疫情此起彼伏之时，我们再一次见识了什么叫多难兴邦，什么叫众志成城，什么叫安居乐业。这一场突如其来的疫情给我们的国人、给我们的青少年上了一堂难忘的、生动的爱国主义教育课。

坦白说，从年初到六月份，由于疫情的影响，我确实处于失业状态，是那种出乎意料无法预计的失业，而且由于不知情，老公去年十二月份申请离职，要重新找工作。

他年龄有些大，加上疫情的原因，招人的企业少了很多，等于是两个人一起失业了两三个月。这半年，房贷，父亲卧病在床，确实给了我莫大的压力，幸好我们家终于挺过来了，其中滋味一言难尽。

这期间，孩子上网课，在期末考试中，他竟然取得了一个前所未有的好成绩，在一千二百人中排位第十二名，真是一个意外之喜。

七月初，我陆续恢复了工作，一贯以来，我把学生都当作自己的孩子，说服家长给时间，说服孩子有行动，好好看书，提升成绩。

孩子们的喜讯一个个传来，有个教了三年的孩子，一上初中，语文考了年级第二名、总分年级第四名，厚积薄发的阅读效果真叫人欣喜。有的孩子，三四个月的阅读就出了效果，从七十多分考了个九十二分，孩子从此爱上了看书。

有的孩子特别喜欢听我讲的小说和故事，回家猛看书，成绩从班上十名一下冲到了前三名。有个孩子来之前是中等水平，这几个月的看书，让她几次单元考试都是班上语文第一名……

家长纷纷感谢我的用心付出，口碑做得不错，一个传一个，经常有家长加我微信，不是我的学生我也愿意将自己总结的九篇干货文章分享，希望孩子千万别错过小学的黄金阅读时间，这真让人高兴。

事实上，我每天看书也就一两个小时，坚持每周写一两篇文章。今年4月1日起，我开始做公众号，至今已有七十一篇原创文章，包括二十年前发表的二十多篇文章，八个月写了四十八篇原创文章，滴水成河，也算是收获不小嘛！

人啊，有时逼自己一把，还是可以写一点东西的。儿子明年中考后，我打算出一本书的文章基本没有问题。对自己的奋斗历程，对青春作一个回顾和总结，是我一直的夙愿，希望明年可以梦想成真。

昨天，看到一个不幸的消息，我教过的学生，那个我曾两次募集家长为其捐款的孩子，万恶的骨肉瘤夺走了他年轻的生命。

看到家长更新的这一条朋友圈，我的心情无比沉重，骨肉瘤，一年多的治疗还是未能挽救孩子的生命，夫妻两个都是四五十岁的人了，就这么一个独子，这是多么叫人绝望的事情。孩子生前自愿把器官捐献出来，用作医学研究，真是有大爱的孩子！

想起他虎头虎脑的样子，真是由衷地心痛，十五六岁的年纪，命运真的太残酷了。此时此刻，我体会到生命的无比珍贵。

有人说，如果有什么想不开，去医院的住院部看一下，那些与病魔作斗争的人会给你直接的启示。人生一世，草木一秋，生命值得我们好好珍重。

明年六月，儿子面临中考，这也是我和孩子面临的一次考试。到了初三，儿子仍然拥有自己的手机使用时间，我希望他学就专心致志地学，玩就痛痛快快地玩。劳逸结合，张弛有度。

中考的重要性，学校和老师都已强调，谋事在人，成事在天，凡事尽力而为就行。我相信，喜欢看书的孩子是有目标的。

中考完毕，我们要回乡下老家，看下亲爱的父母大人，这一年多来的疫情，让我们更加珍惜亲情的弥足珍贵。

新的一年里，我希望家人都平平安安，希望朋友们都心想事成，希望我们的国家国泰民安欣欣向荣。

"世上几百年旧家无非积德，天下第一件好事还是读书。"新的一年，我还是做好自己的工作，看更多的书，与孩子分享这个阅读世界的丰富多彩。对于儿子，对于家庭，对于自己的诗和远方，我都会加油的！

我是一个什么样的人

有时，我会问自己，我是谁？我来自哪里？我要去向何方？我要从哪里认识我自己？

在父母的眼里，我应该是一个懂事明理的女孩，老爸经常说起我小时候的一件事。

冬天，老家天寒地冻，偶尔有太阳露出头，农村的田野里，荸荠成熟了，荸荠田的主人早就把荸荠挖过了一遍，一个个圆滚滚的泥巴疙瘩，一洗就是一个个红色元宝似的荸荠，有的地方也叫马蹄。

主人翻过之后，我们十几个八九岁的孩子就开始在田里翻找，那时没有零花钱，这就是最好的免费零食，即使主人翻过，田里也总会有漏网之鱼。

天气虽冷也不怕，光着脚，脚下一阵乱踩，总会碰到一个圆圆的硬东西，原来这是荸荠，踩到的小伙伴一阵欢呼雀跃。我最喜欢这种活了，和小伙伴一起兴高采烈地踩，又卖力又有趣，冷不算什么事儿。

我的姐姐爱干净，她总是站在岸上，绝不愿意弄脏自己的衣服，一两个小时，我踩了一碗，洗干净，喜滋滋地递给姐姐尝尝，老爸逢人就说："我家的小妹勤快啊，忠厚啊！"

在我先生的眼里，我是一个有意思的人，一个善良的人，他知道我最怕回农村种田，宁愿在城里讨米也不会回农村的。

他知道我一直生活在别处，以前十几年的工作一直不喜欢，只喜欢书和图书馆，书就是我的生命和情人。平时做饭菜，经常看百度，从来没有把做饭菜当作一种艺术来经营。

他知道我打扫卫生都是风风火火，半小时内拖地必须完成，干完之后，我还要看书看电影呢，那才是令我孜孜不倦废寝忘食的事情呢！

他知道，我对吃喝穿着没有多大的兴趣，旅行也怕路途辛苦，在书里电影里看看广阔无边的世界，就是我最为惬意的事情了。这样的爱人，好养！哈哈！

在孩子的眼里，我是一个有志气的母亲。

儿子至今还记得一件事，2007 年，我面试上班才一个星期，被人炒了鱿鱼，原来报关公司里，老板的什么亲戚找碴告了我一状。

因为我刚进来，拥有报关报检双证本科毕业证的我威胁到了她的存在，她没考到证，我莫名其妙被结算了工资，回到家我才想明白。

儿子说我大哭了一场，我说："那你记住生活的不容易了吧？要不要努力学习？要不要成为一个实力派？"

我常常给他讲我早早出来打工的故事，那年因为眼病因为偏科，我看考不上中专，怕花了老爸借的高利贷，我初三辍学了。村里有个多管闲事的女人说我："学也没考上，又戴个眼镜，将来怎么嫁人啊？"听到这样的冷言冷语，我气得无语，我在家里的小河塘边站了一个小时，我想：是不是没考上中专，我的一生就完了？

不，我记住她的话，我绝不会变成她说的那样窝囊，总有一天，我会让她刮目相看的。

在打工的前十年，我遭遇了一切的艰难困苦，底层打工妹的挣扎，卑微困惑，迷茫无助，我都咬紧牙关默默承受，我从不叫苦叫累，我不能撤退，我没有资格逃避，我只有一条路，向前走，义无反顾。

我边打工边自考，八年时间，坚持不懈，不屈不挠，我终于拿到了大学专科和本科毕业证、报关证和报检证。2004 年，我把户口从老家迁移到珠海买的房子里。

回到老家办手续，我买了很大的一袋椰子糖，在村里，我见人就发，碰到当年那个说我的那个女人，她已经老了，我同样给了她一把。

在我的心里，那句话刻了十几年，我恨过她，但是最后，我原谅了她，我还是感谢她的那句话，它给了我持续奋斗、不敢懈怠的动力。

我是一个有志气的人，我不认输，命运给的一副烂牌，我也要竭尽全力把它打好，我做到了！

我想，我的老家，方圆十里，靠自己改变命运的女孩中，我应该是最受尊敬的那一个。

在我的学生眼里，我是一个口才好的老师。我常常每周讲一本世界名著，脱稿演讲，完全凭借记忆，生动的讲述，抑扬顿挫的声调，丰富的表情动作，曲折动人的情节，让孩子们的眼睛睁得大大的，世界上没有不爱听故事的人嘛！

一次，要上课了，一个四五岁的小孩坚持不走，原来他听哥哥说，陈老师的故事讲得好，幼儿园的他也要听一节再走，我就破了例，小家伙听完，心满意足地走了，哈哈哈！

有个六年级的孩子，爱讲话，不爱看书，他听我讲《鲁提辖拳打镇关西》《鲁智深倒拔垂杨柳》《林冲夜宿山神庙》……

可能我讲得实在精彩，他回家后天天抱着一本《水浒传》，看得滚瓜烂熟，四大名著也是看得手不释卷，小学毕业考试，原本成绩八十分徘徊的他考了个九十九点五分。

在初中，他是班上前几名的学生，初二时外面三百元一节的课他都不听，要我开个初中班继续教他，这样的学生我还有不少呢！哈哈哈。

在朋友的眼里，我是一个热心肠的人。不是我的学生，我也会劝告做母亲的几句话，千万别学这学那，把最重要的阅读给耽误了。

早早阅读，大量投入时间，培养自学，可以省下初中十万补课费，我自己的儿子就证明了这一点，他每天都玩玩游戏，成绩还是班里前几名，有学有玩，劳逸结合，开心上学。

我把自己的经验总结成了八篇干货文章，经常发给那些向我咨询的母亲们，孩子的成绩好了，一个家庭就不会鸡飞狗跳。我特别理解母亲们的心，她们跟我一散步，焦虑就少了一大半。

我总是说，车有车路，马有马路，每个孩子有不同的路，阅读抓紧，主次分明，不能让才艺把阅读给耽误了，剩下的就是静待花开。

家长做好自己的本职工作，看书学习，努力上进，做孩子的好榜样。父母不要过度焦虑，以身作则就好。

朋友问过：多愁善感是不是你们作家的特质？老实说，作家确实与一般人有些不同，他们必须有敏锐的感受力、锐利的观察力、强大的语言表达力，没有丰富的感受绝对写不出感人至深的文章来，也成不了一个名副其实的作家。

急性子，多愁善感，小有才华，看书人，热心肠，口才好，忠厚善良，老师，业余作家，这些就是别人眼中的我吧？

朋友还加上一句，你做事颇有些毛主席家乡人的风格，果断爽快，敢作敢为。说得不错，我很崇拜毛主席、左宗棠、曾国藩、黄兴、宋教仁、蔡锷、丁玲……这些湖南名人的书和经历被我看得如数家珍过目不忘。

我尤其喜欢看传记，图书馆里，古今中外的名人传记，我都差不多借了个遍，《长征》《红星照耀中国》《苦难辉煌》我都反复看了好几遍，我佩服红军们不畏艰难困苦、勇往直前的精神，可能耳濡目染学到了一点吧。

我弄清楚了我是一个什么样的人，我会继续努力的！加油哦！

话说"勿以善小而不为"

《三国演义》的故事，我们从小耳熟能详，其中我最喜欢刘备说的那句临终遗言："勿以善小而不为，勿以恶小而为之。"

儿子小时候经常跟我们一起去买菜，在地下通道旁边，经常有一个残疾人在唱歌。每次我都准备几元零钱，让儿子投到演唱者面前的碗里。

有人说那些乞丐是假装的，他们过得比你还好，大手大脚花钱。我不理这些言论，我执意要孩子投钱，只是想培养孩子的一份爱心，一份对苦难感同身受的同情。

我们少吃一个面包，就可以带给一个陌生人一份温暖。我不在意乞丐怎么花他的收入，我只在意孩子对老弱病残有没有一份设身处地的恻隐之心。

过年时，新冠肺炎疫情正值高峰，老公换工作意外情况频出，更糟糕的是，我的工作受疫情影响，半年完全停滞，而贷款照样要还，父亲又中风瘫痪，家里确实经济紧张。

过年那月，全家人天天在电视屏幕上看着病人数字有没有更新，每天噌噌上涨的数字让人无比焦虑。

看到湖北武汉慈善总会发起的慈善募捐，我立马转到我的阅读群内，虽然失业在即，不知何时开工，我还是带头捐了一百五十块，我号召家长们让孩子捐点利是钱，几十块也好，也可以给前线的医护人员买些口罩，和全国人民一起同呼吸共命运。十几个孩子纷纷解囊，五十块，一百块……

2020 年 1 月 30 日 8 点 49 分，我特意截取孩子们的捐款证书，发了一则微信作为纪念："当胜利的号角吹响之时，我也可以对自己的孩子说，在国家危难的时候，我也做了贡献。昨天，家长们看到武汉慈善总会的募捐纷纷解囊，也许只能给前线医护人员买几个口罩，但是是孩子们的小小心意，滴水成河，共渡难关，防疫面前，我们不做旁观者。"

现在，看看国外的严峻形势，我和孩子们都为祖国的强大感到骄傲，身为一个中国人，自豪之情溢于言表。

平时我一般很少转发众筹之类的信息，怕引起家长们误会。上个月，我破例了，因为我的一个学生得了骨癌。

孩子已经住院一年多，虽然他只上过我一个学期的课，但我还是记得他虎头虎脑的样子。

孩子在初三时发病，现在一边的手臂已经截肢，但是肿瘤细胞还是扩散了，家长丢下工作日夜看护，结果还是如此残忍无情。

我转发两次后，朋友们纷纷点开解囊帮忙。最值得一提的是，家长中有位熟悉红十字会工作的妈妈，她主动牵线联系孩子的父母，为其争取一笔十万元的援助，上月已经确认可以申请到位。

我心头狂喜，孩子的父母也发来感谢的信息。我们希望孩子的病可以得到医治，我们希望孩子的父母可以会心一笑。

病魔无情人有情，只要人人献出一点爱，世界会变得更美好。

最近，我天天关注的公众号卯叔发起了一个南疆儿童公益捐助活动，一对一的扶助我没时间去做，因为自己的孩子也初三了，面临关键的中考环节。

我捐了一百五十块钱买书，也算是尽了一份小小的心力。中年人上有老下有小，压力山大，但是人活着，除了种好自家的一亩三分地之外，总还希望做一点力所能及的小事。

我感觉，买书捐书，最好，启迪智慧，培养自主学习。孩子们有了文化，才能改变自己的命运，从而改变家乡的命运。

赠人玫瑰，手有余香。这话，我信。

勿以善小而不为，勿以恶小而为之。这话，我深信。

惊心动魄的早晨

12 月 5 日，星期六，那天跟往常一样，似乎没有一丝不同。

然而对我来说，一切又有所不同，那真是一个惊心动魄的早晨。

我买了采蝶轩的早餐，走在宽阔的绿道上，路上行人稀少，周末起得早的人不多，我惬意地望着伸向远方的绿道，路边的大树枝繁叶茂绿荫清凉，像一把巨大的绿伞。

我心无旁骛地走着，瞬间，我一下子被什么东西撞倒在地，我手脚着地，呈向前扑倒的姿势，我回过神来才发现，原来，停在商铺前的一辆小汽车正在倒车，司机没看到我，我被后备厢撞倒在地了。我当下蒙了，我的眼镜飞到地上，手机摔了，包也摔到不远处。

还好，车停住了，我真怕司机慌乱中再来一下，那我就危险了！我心神恍惚地站起来，手上、腿上摔破了皮，袜子破了一大块，鞋子破了两处。

还好，人还活着，我心有余悸，心怦怦地跳着，似乎要从嗓子眼里跳出来。

车主是一位小伙子，他一直在说对不起、对不起，我拍下车牌，记下电话。周末是我的上班时间，我得忙完工作后再来处理。

平常，我以为车祸离我很远，故事的主角都是别人。今天命运猝不及防地警示了我一下，虽然是车主的错，倒车，没看到路上正在前行的我，速度不慢，我庆幸自己命大。

万一今天倒霉的话，也许我缺胳膊少腿也有可能，告别人世都有可能啊。全国每年交通事故死亡人数超过十万人，平均每天约有两百人死于车祸。

看看这个触目惊心的数字，我为自己感到无比庆幸。以后在路上，听歌，思考素材，看手机，这些危险的行为都得改一改，要不真摊上，对自己、对家庭就是一场巨大的灾难。

上课时，我特意给孩子们增加了作文题目：《一件突然的事》《一件可怕的事》，写一写自己亲身经历的危险的事情。玩火、玩电、闯红灯过马路……前车之鉴，后事之师。

我跟孩子们说，车祸猛于虎，这句话一点不假。现在，凶恶吃人的老虎早就没了，华南虎，东北虎，深山老林里也难寻觅，已经成为遥远的传说，但在我们周围，每一辆车都是一只老虎。

如果我们走路不小心，走捷径，闯红灯，这只老虎时时刻刻蹲在我们周围，伺机而动。有的时候，快了一秒钟，就快了一辈子。

我人到中年，四十多岁的人，正是家庭的顶梁柱。上有老，父亲还中风了；下有小，儿子还未上高中；中间有房贷，我可不能掉链子啊！

孩子们，你们才十多岁，正是茁壮成长含苞待放的美好年华，很多的地方没有去过，很多的风景没有看过，很多的梦想还没有实现。

大家要小心翼翼地走路啊！我们不能把安全的希望放在司机

的技术过硬上，我们应该自己扛起这份责任。明知山有虎，偏向虎山行，可不是聪明人做的事。

千言万语，只有一句话，平安是福！

母亲的规矩

我的母亲，个子不大，心大，要强。话不多，规矩多。三十四年过去了，我还能清晰地回忆起当年那件摔东西的事件。

那年，我大概十岁，那天，不知为了一件什么样的小事，我发了脾气，母亲严厉地说了我，我心里恼火，怒气冲冲地把手里的牙刷使劲摔在地上。

母亲也气急败坏，她命令我捡起来，我不捡，扛着，沉默不语就是我的抵抗。我站在那儿，一副大义凛然视死如归的模样。

母亲的犟劲也上来了，她说："你到底捡不捡？你这么大的脾气啊？就敢摔东西了？到了社会上，谁会惯着你？"

我看母亲的脸色那么严肃，不同以往。我想，人在屋檐下，不得不低头，我不情不愿地捡起牙刷。

我心里恨恨地想：哼哼，再过五年，我就长大了，到时你奈我何？牙刷我是捡起来了，但是心里的结一直没有解开。

当时的我，心想，大人，不过是仗着长辈的分上行使强权主义，我，口服，心不服。

十七八岁，出来打工的时候，我算是开始领教外面世界的人情冷暖，起初我做一名领料员，我领用的是一种价格不菲的电绣皮料半成品。

每天反反复复地点数，左右脚的配双，每天的产品中，电绣不良品都要报废，每天都会有不少补料来补数，对方的发料员精明挑剔，初来乍到的我根本不是对手，我只有百依百顺忍气吞声的分。

更让我焦头烂额的是那一大袋沉甸甸的电绣皮料，又沉重，又庞大，个子小巧的我只有望"袋"兴叹，在电梯前面，来回都有一两百米的距离，我一筹莫展，举步维艰。

正好，碰上我们的符课长，她是我们湖南老家的妹子，一个有几把刷子的女中豪杰，高中生，个子也高大，能干豪爽。

她看出了我的为难，她一边帮我抬一边说："你，小妹妹一个，嘴巴甜一点，见了生人都喊一声，大哥，大姐，帮帮忙嘛！没有人会拒绝一个有礼貌的人的求助。"

第二天，我按她说的去做。果然，人们都很善意，尽举手之劳，皆大欢喜。我想，原来，礼貌一点，客气一点，脾气好一点，确实能芝麻开门打开局面啊！

有时想想，在家里，你是爹妈的宝贝，你是家里的掌上明珠，就是想要天上的月亮，父母也愿意为你想方设法去试试。

可是，到了外面，到了社会上，如果你脾气不好，火气不小，没有谁能容忍你的坏脾气，这时候，我想起母亲叫我捡牙刷的事。

自从那件事后，我再也不摔东西了，成家后，君子动口不动手，再大的火气嚷嚷两声得了。

一粥一饭来之不易，哪能摔东西糟蹋东西来泄愤呢？正是母亲当年点醒了我。

母亲虽然是个农村妇女，没有上过学，箩筐大的字不识几个，她压根儿不知道曾国藩这个声名显赫的乡党人物，但是她严格地实行了曾国藩的家教家风，讲究干净，晨昏打扫，尊崇读书，对农村乡里盛行的赌博行为深恶痛绝。

早年，父亲一度喜欢去邻居家打牌，母亲大吵了两次，父亲也觉得母亲说得对，家境拮据，还打什么牌？

从此，我们家成了全村的另类，不论平时还是逢年过节，我家是村里唯一的全家人都不打牌的家庭。

就连她一手带大的外甥，我的儿子，也深受她老人家的熏陶和影响，对打牌赌博的事不屑一顾、嗤之以鼻。

正如古话说得好，老猫住上房，一代传一代。母亲的这些规矩，原来就是我们家的家风啊！

母亲这样那样的规矩还有很多，在家时我和姐姐对此颇有微词。现在，我自己当了十多年的母亲之后，我深深地理解了母亲。

没有规矩，不成方圆。感谢母亲当年小题大做的严厉，感谢母亲那近乎苛刻的要求，才让我和姐姐没有在人生的道路上偏离轨道。

"几百年人家无非积善，第一等事业还是读书。"母亲的规矩之棒，我会接力传下去的。

今天，生日快乐

生日，一年一回，一时兴起，写几行字作为纪念。

生日，就是母难日。四十四年前，就是这个时候，我来到了这个世界，那时太穷，以至没有留下一张相片遥望当年。

想起十四年前，我自己生孩子的时候，在手术台上，麻醉的效果很好，我的头脑是清醒的，听着手术刀哗哗划开自己肚皮的声音。

麻醉师开始告诉老公是个女孩。过了半小时，护士说，生了个男孩。那一刻我百感交集，感受到做母亲的万般不容易。

我个子不大，孩子生下来竟然有七斤三两，那个眉眼一看就像我，错不了。

麻醉过了之后那个疼啊！感觉翻身都好像在流血，不翻身又不行，又好像安徒生笔下人鱼公主那样在刀尖上跳舞，疼，要命的疼，刻骨铭心！

生孩子的时候，母亲既好像待宰的羔羊，又不亚于到鬼门关走了一趟。

童年时代的我黯淡无光，在我们那个平原乡村，读高中是没钱的，家长们大多梦想孩子考一个中专，国家分配一个工作，吃上商品粮，意味着告别面朝黄土背朝天的生活，意味着成了一个城里人。

由于偏科，我的中专梦想彻底夭折，因为当时中专的录取率是百分之四左右，所以我成了路遥笔下的高加林和孙少平们，既不甘心一辈子在农村，又对外面举目无亲的世界惶惶畏然。

好在20世纪90年代的打工风潮席卷了我们湘北，东南西北中，发财到广东。

我的青春时代是迷茫的，是灰暗的，是无助的，只有一点值得欣慰，即使在最困难的日子里，我都没有放纵过自己。

在广东，我当过工人、仓管员、文员、内刊编辑，我边工作边学电脑，自考大专、本科文凭，考报检证，考报关证。

整整八年时间，我卧薪尝胆，我发誓再不回到那个连一本书都没有的乡村。

那么累，那么苦，那么迷茫，我还是安慰自己："未来，尽力而为！"

只要不曾虚度年华，只要少留遗憾，就对得起自己的人生。就像我最崇拜的路遥说的，人活着是要有点精神的！

当母亲的前几年，也是我最焦头烂额的岁月。因为房贷，因为工资不高，我一直试着转行总不成功。

孩子小，体质弱，三岁时因为疝气动过一次手术，伤了元气，免疫力差，每个月总要感冒发烧一次，每个月必去医院报到一次。

那几年，我以为医院是万能的，孩子一有个风吹草动就去找医生，过度输液，中药也用多了。

小学二年级时，孩子身上到处痒，那个声名在外的皮肤科主任说是特异性皮炎，我百度一查，孩子以后上大学都不能正常生活，全身痒，抓得全身血斑。

我看完吓得大哭一场，我决定再也不乱用药，管他咳嗽是否。每个周末我们带孩子去运动，暑假踢球踢到晚上十一点，运动才能治标又治本。

幸好，半年后，孩子的身体好转，我又开始培养他的阅读和自学的习惯，早晨我送儿子上学，我拿出身上摘抄的小纸片，两人一起背唐诗宋词，背《论语》，背《道德经》……孩子初中走上正轨，我终于可以歇口气了，我可以做自己喜欢的事了。

我在书店待上半天，我坐在窗台上看我喜欢的《红楼梦》，累了就看一看天边的云卷云舒。我在散步的路上看花花草草，并且思考一些问题。

经过十几年的努力学习，我终于找到一份受人尊敬的工作，有了一份过得去的收入。我终于可以有很多的时间看书写作。

"金黄的落叶堆满心间，我已不再是青春少年。"就像诗人叶芝的感叹。

我多么庆幸，在青春迷茫的时候，我没有选择逃避，没有选择随波逐流。

在我们那个上万人的工厂，像我这样坚持自学的人，不超过三四个，听说我曾经工作的那个大厂里，至今还流传着我自学成才的故事。

的确，那份坚持不懈的毅力让我脱颖而出！我常常把我的这段经历讲给我的儿子听，讲给我的学生听，人的一生中会不断遇到困难，我们要做的是征服困难，而不是被困难所征服。

陀思妥耶夫斯基说：我只担心一件事，我怕我配不上我受的苦难。今天，我把这句话送给自己。林子，生日快乐！

阅读，步入百花深处

提起阅读与看书的话题，还真有不少趣事呢！

我最初的老家，位于一个年年涨水的电线杆桥边。旁边有家邻居，他家有二男一女，最小的男孩跟我姐姐同龄。

以前的农村，冬天天气寒冷，野外已经收割完毕，大人孩子这时都闲了下来，那一次的捉迷藏就在他家。

八九个大小不一的孩子，连这家的男主人，我喊伯伯的这位大个子也参与了，我们小孩别提有多欢快，伯伯叫我们躲在锅灶底下，找的人无计可施只好认输。

躲的孩子出来时，脸上成了唱戏的戏子，黑得一坨一坨的，小伙伴们乐得捧腹大笑。

那次就在他家，我看到了一本书，确切地说，是一本经典名著——《鲁滨孙漂流记》，在他家的架子上，破破烂烂的，封面都没了，首页是一张黑白分明的插图。

九岁的我囫囵吞枣地看了十几页，故事非常吸引人，可是胆小的我不敢借，那应该是他家读初中的老三的书。

这个哥哥很聪明，他用手电筒照墙上的画，给我们演电影，我们觉得好神奇啊！

邻居的家里有小说名著，邻居的哥哥读书很争气，考上了可以分配工作的中专。

二十年过去，邻居家的哥哥现在已经是我们乡里的党委书记。以前我们路远村穷，现在出了个做事能干的干部，周围的村子都对我们村刮目相看。

现在，我们村村都通了干净的水泥路，终于不再为出门下雨路泥泞而发愁，邻居家的哥哥正是因为读书改变了命运，那本《鲁滨孙漂流记》让我印象深刻。

农村孩子没有零花钱，有次我好不容易干活挣了五毛钱，打算买本梦寐以求的小人书，因为总是借人家的看，太寒碜了！

我和几个小伙伴去赶集，走了七八里路也不觉得渴，小伙伴们有的买了包子，两毛五一个，香喷喷的味道真叫人馋涎欲滴，我忍住了。绿豆冰棒，一毛钱一根，我也咽下了口水。

来到镇上唯一的一家书摊，到处都是琳琅满目的小人书，我高呼万岁，我在里面千挑万选眼花缭乱，我选中了一本《"陈半仙"落网记》。

嗨！侦探故事是最让小伙伴眼红的。走到半路上我就看完了，我蒙了，上当了，这不是什么侦探大案，而是一个农村装神弄鬼的算命先生被抓的故事，平庸之极！

我像一个泄了气的皮球。哈哈哈！只怪自己断章取义看题目看走了眼，只怪自己身上只有五毛钱！呜呼！

农村天地广阔，风景秀丽，人也纯朴，就是书少，少到什么程度？除了课本之外，几乎没有小说可看，几本《今古传奇》借来借去，《说唐》《隋唐演义》，以及琼瑶的书，都是大哥哥大姐姐在传看。

每年暑假的日子特别长，正午时分，知了长吟，一丝风也没有，空气热烘烘的，我在竹床上乘凉，看暑假作业，因为那里面会有几个故事，几首古诗，配着人物插图，比如那首生动活泼的《小儿垂钓》。

我家唯一的课外书是《新华字典》，我天天翻，有图片的看得一丝不苟，比如"房"字就有房子的结构图片。我没事干，学作古诗，有点不知天高地厚。

我看到"有志者，事竟成"，我配一句"无志人，万事空"，我自以为天作之句，妙手偶得。哈哈哈！

那年，我和姐姐出来打工，姐姐管工资，她管得井井有条，我怨声载道，因为她不让我买书。她说："书有什么用？换宿舍搬东西还麻烦！"一年之后，她回家嫁人，我一个人如鱼得水，我自由了！

那个月，我下班闲逛，我看见一个书摊，有各种各样五颜六色的书。我看中了一本《三毛全集》，好家伙！比一块砖头还厚，五十块钱，我立马大手一挥，喜滋滋地捧了回来。

我心里万分庆幸，五十块可以买五十次早餐，要是姐姐在，她死活不会答应的，自由万岁！

曾经有个老乡，她借了我的《平凡的世界》，那可是我的心爱之物，书中的主人公就是和我一样的农村子弟，我就是看着主人公的故事走过来的。

这老乡借了一个月，未还，我也不好催，她谈了一个长沙的男朋友，没过多久，她不声不响投奔她的白马王子去了，我的书呢，从此杳无音信，那可是陪伴我走过了最黑暗时期的患难朋友啊！

我碍于情面把心爱的书借给了她，最糟糕的是，她不是一个真正的爱书人，可怜我的亲密战友啊！从此，我发誓，我心爱的书概不外借，小气就小气。

喜欢看书的人都知道，书就是我们的命，书就是我们的情人，朝夕相处，它怎么能遗失在他人之处?!

儿子在小学三年级以前，身体较弱，我经常带他踢球。儿子在作文中写道：

> 每当我在草坪上来回奔跑踢球的时候，旁边的草地上，坐着一个女子，她捧着一本书，看得津津有味，浑然忘我。
>
> 周围什么声音也影响不了她，她沉浸在书的世界里，就像到了世外桃源，不知归途。这个看书的女子不是别人，就是我的书虫妈妈。

世界上最了解我的人不是孩子爸，而是孩子! 哈哈哈!

前几年，回老家，一待一两星期，不管行李多重，我都在行李箱里加上一两本《红楼梦》《三国演义》之类的书。

农村的天，空气清新，沁人心脾，芳草鲜美，鸡鸣狗吠绿树间，没有书怎么办? 儿子带了《唐诗三百首》，每天对着小鱼嬉戏的池塘大声朗读，背个三五首就去看动画片，高兴万分。

我呢，拿着一本书抬头望望，秋高气爽，夕阳西下，晚霞满天，几只小鸟在电线杆上停留，像几个漂亮的音符，我坐在丝瓜架下看一本《了不起的盖茨比》。

那样的时刻，没有汽车的轰鸣，没有城市的喧闹，天高地阔，云淡风轻，采菊东篱下，悠然见南山。不亦乐乎!

阅读，步入百花深处，其乐无穷!

书海拾贝

我怎样看待《月亮与六便士》

《月亮与六便士》是英国著名小说家毛姆最脍炙人口的作品。它讲述了一个惊世骇俗的故事。

斯特里克兰是英国伦敦一个受人尊敬的证券经纪人，他不善言辞，忠诚老实，家境富裕，妻子文化修养颇高，一双儿女聪明懂事。

突然有一天，斯特里克兰去了巴黎，抛弃了英国的家庭和工作，毅然决然地开始了追求艺术的自由生活，尽管过着颠沛流离的生活，他依然毫不在意，他要画画，他要实现自己的梦想。

荷兰画家迪尔克真诚善良，热情助人，宽容大度，虽然他的画艺不精，但是他有着非常高超的艺术鉴赏力。他热情地帮助生病发烧的斯特里克兰，把他接到家中悉心照顾，因为他一直觉得斯特里克兰将来肯定是一个天才画家，只是现在无人赏识而已。

他的妻子布兰琦在此期间，义无反顾地爱上了特立独行的斯特里克兰，迪尔克为了不让妻子受苦，自己搬了出去。没过多久，斯特里克兰离家出走，为了他抛弃一切的布兰琦深受伤害，喝下草酸自杀身亡，伤心的迪尔克回到老家荷兰寻求慰藉。

斯特里克兰去了南太平洋一个叫塔希提的小岛，他在那里画画，看书，即使生活依旧拮据。他和一个土著姑娘爱塔结了婚，他的画作日益成熟，天才的绘画才能逐渐显露。

斯特里克兰在最后的几年里，得了令人恐惧的麻风病。死后不久，他的画作在巴黎文化沙龙里大放异彩，生前他叫爱塔烧毁了他最得意的大幅壁画。他不需要别人的认可，他已经得到了心灵的满足与自由。

满地的六便士，他却抬头看见了月亮。

看完这本书，激发了我内心深处澎湃不已的共鸣。

二十年前，我热爱文学，一心想当个编辑或记者，我想过，如果能像安徒生那样就好了，有人帮扶支持，不用为生计发愁，上学，写作，投入十年八年，总能写出个名堂来吧?! 可是我心比天高命比纸薄，连个大学文凭都没有，那时的我日思夜想怎么解决这个问题。

文员的工作，只是我的托底，根本不是我喜欢的，我甚至还想有个世外桃源的地方，让我深居简出写出杰出的作品来。写作的人，个个都自视清高，认为自己是有天赋的！

后来，我看到领导人邓小平的一句话，发展才是硬道理！国家是这样，个人也是这样。按理说，先生存，再发展。只有先把自己养活了，才能谈其他。从那以后，我脚踏实地地把工作做好，虽然工资低微，但我需要它养活自己。

我努力去考一个文凭，期望有一天能换一份自己喜欢的工作。可是当时我学的专业与工作风马牛不相及，我考了一个本科文凭也无济于事。我认识到，我得拥有一门技能，最好是难考的，不是每个人轻易能拿到的。

我选择了报关。虽然不喜欢，为了生活我只能改变自己。我刚生完孩子几个月，就去背诵那长长的97章节商品编码，去记那些外贸单证上密密麻麻的英文，三本厚厚的书，翻得书边都卷了起来。终于我考到了当时通过率为百分之六的报关证。

为了房贷我做了七年报关工作，贷款还完当月，我就辞了职，因为我实在不喜欢每天跟数字打交道。

兜兜转转的十五年后，我又做回了我喜欢的老师工作，工作之余，看看书，写写文章，散散步，看看花草，有一份收入可以养活自己，我赢得了更加广阔的自由时间，我把孩子也引上了阅读之路，这就是我曾经梦寐以求的生活。

对于我的梦想，我只能曲线救国迂回前进，我不能丢下自己的责任，丢下自己的孩子和父母双亲。我只能按照我的实际情况去做最适合的选择。

生活中，你选择了走哪一条路，就当尽力而为。也许没有一条路是完美的，都会有这样那样的遗憾，就看作为当事人的你怎么看待。

月亮是远大理想的象征，而六便士则是蝇头小利的象征。一个人是抬头望月，志存高远，还是低头看地，追逐小利？这是两种不同的生活观，也许还有很多种参差不齐的情况出现。

《月亮与六便士》这篇小说文字简洁，故事生动，主题深刻，经过历史的大浪淘沙，至今魅力不减，仍然吸引着各国的读者。毛姆不愧是一个伟大的讲故事的人。

真实的生活中，画家斯特里克兰的生活之路有多少人可以模仿呢？但它引发了我们无尽的思考。

我的小确幸

"小确幸"一词源自村上春树的随笔，意即心中隐约期待的小事刚刚好发生在你身上，微小而确实的幸福与满足。我想就是小美好、小幸福嘛。

早上照例散步，我在想，我有什么样的小确幸呢？想一想，还真不少呢！

我每天走在这条通往公园的林荫道上，多年的老树天天矗立着，枝繁叶茂，有的树干笔直苍劲，有的像把亭亭如盖的大伞，有的长出了长长的触须，很像老爷爷的胡子随风飘舞，煞是有趣。

下雨了，不用担心，有浓密的树叶给你当雨伞遮着呢！夏日炎炎，太阳像一个滚烫的大火球时，你也不用担心，这一路的绿荫密密匝匝，阳光进来时已变成了一条条的金线，心旷神怡的你想必会对这一排排的大树生出一份由衷的谢意！属于我的小确幸！哈哈！

走进公园里，绿茵茵的草坪像一片绿意盎然的毛毯，花坛里的花竞相开放，红的似火，黄的明艳，白的飘逸，紫的浪漫，五颜六色，五彩缤纷。

悠扬悦耳的音乐徐徐而来，精致小巧的藤椅边，几盆三角梅开得正是热烈，像是要把其他的花给比下去似的，那份野蛮生长的劲儿真叫人刮目相看！作为一个路人，看到它们生逢其时，花开烂漫，感觉真好！

山坡下有一片菜园子，带着一份欣喜，放眼望去，满眼的绿，到处都是生机勃勃的样子。

红红的西红柿像一个个大小不一的小灯笼，挂在枝头，笑意盈盈。生菜绿得让人欢喜，长得那么快，一天一个样，变化真大。豆角藤早已爬上了竹竿，一条条新绿色的豆角在绿叶中探头。

眼前一片蔚蓝色的天空，万里无云，菜园的一角山坡边，野草自由自在地攀爬着，采菊东篱下，悠然见南山。这样的清新，美好！

回到家，门口一个包裹，细细一看，原来是我买的书刚到，家里的书架已经摆不下，还在买，老师应该博览群书呀！你有一桶水，才能给孩子们半桶水。

我看了小说，过几天就给孩子们讲述，《了不起的盖茨比》《长征》《边城》《金锁记》《雾都孤儿》《悲惨世界》《童年》……孩子们听到书里有如此精彩纷呈的故事，都纷纷回家看书去了。

小书迷上瘾后，成绩也就跟着进步，家长经常发个感谢的信息过来，我的内心欢呼雀跃，好似二十年前的我在考试时取得了一个同样的好分数。喜爱看书的孩子才能走得更远，我作为他们的引路人，看着花圃里的小苗们茁壮成长，也是一大乐事啊！

儿子中午回来，语文考了个班上第二的好成绩，比起初一初二的起伏跌宕，这算得上一个不小的惊喜。初中的家长都普遍焦虑，我和孩子的关系反而比初二时更亲近了一些，我俩经常一起聊天吐槽。

他做作业，我就看看书，或者抄写一下我喜欢的《唐诗三百首》。看着眼前这个已经是大人身高的孩子，不敢相信小学三年级以前的他经常跑医院，如今次次体育考试却都是满分。

以前他容易发烧，过敏性鼻炎、鼻窦炎一起来，我曾经打算卖掉房子，想去空气清新的大理，或者带小孩回湖南乡下读书。时间不知不觉过去，这些问题都自然而然地解决，庆幸之极！

我的家里到处都是书，窗台上，饭桌旁，沙发上，床头边……洗手间我也放了一本《红楼梦》，我不愿意家里过度讲究整洁，我愿意随手都有书的陪伴。

我的窗台有一个得天独厚的好视角，下面是一片花园草地，一年四季都是朝气蓬勃的绿色，龙船花整季地开，开得姹紫嫣红；绿色的枝叶剪得极为妥帖；红色的花，一朵朵夹杂其间，美不胜收。

我坐在窗台上，手里捧着一本《月亮与六便士》，我惬意地望着这一切，有书，有一个温馨的家，有一份喜欢的工作，这应该是我最大的小确幸吧？

如此，夫复何求？

那个给了我巨大勇气的黄老师

　　黄老师是我在广播电视大学自考班认识的老师。她个子不高，温文尔雅，身材瘦削，眼睛很大，笑起来既亲切又温馨，就像著名画家拉斐尔笔下的圣母那样带着慈爱的光辉。

　　黄老师四十多岁了，两个儿子都已成年，难怪黄老师一看就像妈妈一样亲切。

　　黄老师讲《大学语文》，每个专业的人都要修这门课。有次，谈到文学创作，黄老师得知我经常投稿，发表了一些文章，她极力怂恿我给同学们谈谈创作体会。

　　我害怕了，我一个初中生，专科文凭正在考，还没拿到手，去给一群大学生讲创作课，不行，不行，我连连摆摆手。

　　黄老师说："作家不是学校培养的，你已经发表了那么多文章，证明你在这方面已经大学毕业了！怕啥？要相信自己，从你的文章里我看你很有自信，勇往直前，自强不息！生活中也要知行合一嘛！"

　　罢罢罢，盛情难却之下，我只好赶鸭子上架！那是我第一次站在老师的讲台前，我的心跳个不停，好像随时要从嗓子里跳出来，我竭力使自己镇静下来。

　　我暗示自己，看书写作多年了，肚子里又不是没货，像书上说的那样，把观众都看成土豆，只管把看法表达流畅就行，慌啥？看小说我肯定胜过同学们嘛。

我就从我最喜欢的作家开始讲起，独具特色的沈从文，20世纪40年代红极一时的张爱玲，有"文学洛神"之称的萧红，小说和命运同样波澜起伏的巴尔扎克，激情澎湃的斯蒂芬·茨威格，清新唯美的川端康成，苦难辉煌的狄更斯……

我再结合每个作家的小说特点来谈谈写作的经验和体会，逐一分析，我再也不拘束了，好像在和老朋友月下聊天，聊我最喜欢的小说世界，娓娓道来，滔滔不绝。

一教室的同学听得鸦雀无声，津津有味，都用大胆新奇的眼光望着我，好像小说看得多的人是一个怪物一样。

下课的铃声响起来，我一点儿也没怯场，雷鸣般的掌声让我激动万分，上台讲课也不是一件难事嘛！弄得我昨晚还睡不着觉呢！不是黄老师的温情鼓励，我哪敢梦想上台讲课啊，我曾经是那样内向羞涩的一个人。

想不到二十年后，我还继承了黄老师的衣钵，真正地成了一名老师，黄老师无形中还开发了我的一个天赋特长呢！

过了不久，一个周日，在下课路上碰到黄老师，我和一个女同学准备回家，她叫我们去她家吃饭，我听出了她的湖南口音，更加亲切。一路上我们谈笑风生，我才知道，黄老师原本家境优越，人到中年，黄老师的爱人卷入了一桩不小的官司，出了事后，无人襄助，黄老师一个人扛起了抚养两个儿子的重任，从长沙来到珠海，儿子的生意本来挣了钱，前几年又被代理商的陷阱坑了一大笔。

黄老师说："我跟儿子们讲，只要有人在，什么困难都能挺过去！"我对黄老师的这句话记忆犹新。

因为那时的我们正是打工族，一无所有一文不名，办公室的小文员，工资低，人微言轻，远离家乡，青春迷茫，人生的路不知怎样向前走。老实说，本地人卖东西都有点看轻外地人，因为外地人一般不会讲粤语。

黄老师家那时经济已经好转，2000 年，她儿子已经买了两套房，算是富裕人家，黄老师热情地请我们去她家吃饭，她的儿子高大挺拔，对黄老师亲切孝顺，虽是家常小菜，那份温馨和鼓励却让我多年之后难以忘怀。

第二年，我就没去上课了，为了省钱，为了省时间，我全部看书自学，那时没有手机没有微信，我和黄老师失去了联系。

现在想来黄老师应该有六十多岁了，应该身体健康吧？我——她的学生也有四十四了，时光飞逝，黄老师，我们还能再见面吗？

我很想您，妈妈一样的黄老师，曾给了我巨大勇气，鼓励我上台讲课的黄老师！您还好吗？

农村里的那些事儿啊

莫言在书中写道，十八岁以前他想尽一切办法离开农村。说实在的，我很理解莫言，感同身受。

打工八年，我边工作边考试了八年，就是为了积蓄力量，离开农村，离开那片生我养我的土地，因为我们那里的农活太多了，我真的是做怕了。

双抢是我们一年中的重头大戏。我家两姐妹，家里只有父亲一个男人，所以什么活儿都是全家一起上，从八九岁起，我大概就是作为一个正式劳动力上场的。双抢的一割稻一插秧，起码要持续二十多天才能结束。

炎炎的烈日，狗在屋檐下不停地吐着舌头，喘着粗气，空气里全是热烘烘的味道，知了在树上嘶哑地叫着。

我们一家四口都在水田里割稻，稻谷金黄金黄的，真的像一片起伏不定的波浪，充满了无限的诗情画意，可是站在水田里弯着腰的人们就没啥诗意了。

割稻子，你得弯着腰，一把一把地割，汗不停地掉下来，身上的衣服早已湿透了，眼睛里都是汗水，稻桩一茬一茬的，赤着脚不小心踩到了，扎得生疼。

水田里什么都有，黄泥巴、大粪、砖渣、虫子，还有让人色变的蚂蟥。我对蚂蟥司空见惯了，一点都不怕，你得使劲扯，抠它下来，它钉得紧紧的，在你腿上，一扯再扯，终于抠下来了。

它绿色的肚子圆滚滚的，吸满了你的血，一般用刀子切断它，它还可以活动，因为它是节肢动物，最好的办法是用火烧，痛快！

插秧比割稻更累，割了稻子放一放，可以伸直腰杆缓缓气；插秧你得一鼓作气，你得把秧一缕缕地理开，几棵为一枝。一枝一枝地插下去，横对横，直对直，井字形最好看，插多插少插好插坏一目了然。

热得滚烫的天气，站在混浊的水田里，一直一直插下去，半天都直不起腰来，想想前方的田埂，还有五六米远呢，太阳这么大，火辣辣地照着，真是汗滴禾下土、粒粒皆辛苦啊！

稻谷收回了家，你得天天晒着，怕发霉，怕长芽，怕出不了一个好价钱。

六月天，孩儿脸，说变就变。一会儿艳阳高照，一会儿乌云密布，天好像都要垮下来了，滂沱大雨马上就要来到，全家不约而同收稻谷，有人收拢，有人装进箩筐，父亲一担一担地挑进家里，全家人就像军队一样服从命令，紧张有序，全力以赴。

几个小时后，大雨停了，太阳又把屋场晒干了，这下又要把上千斤的稻谷弄出来，这个事儿我们孩子做得最多，太阳大，稻谷还得不停地翻晒，麻雀不时来啄个食儿，我训练家里的白狗张牙舞爪地来吓它，麻雀扑棱扑棱地飞走了，我在旁边可以偷空看个连环画儿，这才是最惬意的好时光咧！

那年涨水，我家的屋子移了地方，欠了债，父亲买了一百多只鸭子来养，好家伙，这可是个累人的活。每天早上不到五六点，鸭子就嘎嘎乱叫，震天价响，扑棱扑棱的声音此起彼伏，仿佛你不放它们出去活动，它们就要开始造反了！

鸭棚门一开，灰扑扑的鸭子们争先恐后地跑出来，沟里，田里，河里，又是跑，又是游，一晃一下子走了几里路。

鸭儿们倒不累，欢天喜地的，又跑又跳，越是雨天越欢快，虫子多，水多，草长，看鸭子的人可累坏了。父亲拿一支长篙，在后面不停地吆喝，生怕糟蹋了别人的庄稼，顺河而下的鸭子群跑得最快，三五里路是个小儿科。

这时，送饭的事就轮到我和姐姐了。农人家里过年过节才吃得起肉，每天照例都是豆角、南瓜，南瓜、豆角。送一次几里路的饭，一来一回，肚子里空空如也了。

走在田间的小路上，湿滑湿滑的，一不小心就滑到水田里。沿途的风景是不错，禾苗绿油油的，河水清澈见底，像一面梳妆的镜子，河边的杂草蓬勃地生长着，路边的野花不知名，大的，小的，白的，黄的，紫的，五颜六色，五彩缤纷。

"采菊东篱下，悠然见南山。"农村人天天看着这风光，才不会大惊小怪呢！

父母去放鸭子，家里的湘莲田要除草，这个任务就交给我和姐姐了。两三亩的水田，湘莲遮天蔽日生机盎然，荷叶像一个个大圆盘，翠绿逼人，亭亭玉立，风一吹来，摇曳生姿。

我和姐姐在硕大的莲叶下穿梭，外面风吹叶浪一起一伏，人在里面闷得气都透不过来，"人戏莲叶间"的滋味还真不好消受呢！

栽油菜也是秋后的头等大事，谁家不吃油呢？父亲把田耕好，整好垄，一条条一垄垄成形，一垄至少栽十几棵油菜苗，你得先挖坑，放些肥料，栽稳油菜苗，浇水，一两亩田两三天都弄不完。

你腰酸背痛的，你累得腰都快直不起来了。恰好这几天下了雨，油菜苗活了，每一株都笑逐颜开的，茁壮生长着，一天一个样，只有这个时候，你的内心是充满欢喜的，多么令人欣慰的收获啊，播种油菜，播种希望。种瓜得瓜，种豆得豆。土地，真是一个了不起的母亲啊！

种棉花，种黄豆，种蔬菜，农村的整年整月，你都有做不完的活。除非到了寒风凛冽的冬天，鹅毛大雪飘飘洒洒，整个大地变成了一个银装素裹的冰雪世界，农人们就可以围着火炉烤红薯谈天说地了。

面朝黄土背朝天，农村的活我做得多，也把我做怕了。在外打工，我下定决心改变自己的命运，八年的时间，我考了一个专科一个本科文凭，我考了报检证报关证，为的就是永远不再回来种田，粮价太便宜了，农民真的太苦了。

边打工边考试，别人觉得好难，我想，比起我们村里的双抢，这不是小巫见大巫吗？做过了农村里最苦最累的活，在我的眼里，已经没有什么困难能够挡住我追寻梦想的脚步了！

农村里的那些事儿啊，真叫人想起来就热泪盈眶！

等待的命运

"我等着，等着，等着你，就像等待我的命运……"

《一个陌生女人的来信》这部小说太精彩了，我看了不下三四遍。

一个青涩女孩，家里困窘，父亲去世，和母亲生活在一栋复杂的楼房，对面搬来了一位风度翩翩的作家 R 先生，他家经常高朋满座，来往的都是有文化有地位的人。

十三岁的少女悄悄地观察着这位先生的一切，他的整洁的房间，他的家具摆设，他喜爱的书籍，她甚至羡慕那位忠厚朴实的仆人，可以跟他一起朝夕相处地生活。

她努力读书，从班上的中等成绩变为了第一名，她阅读了上千本书籍，只因为他是喜欢看书的作家。五年后，她终于独立工作了。

她重返维也纳，每天到他窗下等候，到那条熟悉的街上去偶遇，甚至被他误认为是卖笑女郎，他们一起度过了几次美妙约会之后，她有了作家的孩子，她一声不吭，绝不向他暴露身份，因为她知道，他爱自由，她决不愿以孩子来使他就范。

"我宁愿独自承担所有后果，也不愿意变成你的负担。我希望自己是你所有女人当中独一无二的。我希望，每当你想起我的时候，心中只有柔情和感激。"

她一个人带着孩子生活，穿梭在灯红酒绿之间，她离他不远不近，青春年华的她不再跟人结婚，虽然有几个人追求她，想和她共同生活，愿意娶她为妻，愿意给她和孩子一个优越的环境，可是她不，她生怕自己结婚了，有一天 R 先生与她重逢怎么办？所以她宁可一直保持单身。

她把儿子打扮得漂漂亮亮的，穿的是好衣服，上的是好学校，孩子是她的一切希望，是她与他之间的唯一连接。

可是一场席卷全球的流感气势汹汹地来临了，多么可爱的孩子，他穿着海军衫，一举一动像极了那个彬彬有礼的父亲。不幸的事终于发生了，孩子得了流感，发烧三天三夜都退不下来，第四天孩子停止了痛苦的呻吟。

她知道自己也活不长了，于是她写了一封长达二三十页的信寄给作家 R 先生，她讲述了自己起伏跌宕的一生，从遇见他的那一刻起，生命变得不一样。她在信中袒露了一切，生活的重担，社会的歧视，贫困的折磨，疾病的摧残，一无所求真挚无私的爱……

"世界上再也没有比置身人群之中却又孤独生活更可怕的了。只要你叫我，就算我在坟墓里，也会涌出一种力量，跟着你走。"

作家 R 先生想起，今天是他四十一岁的生日，他终于记起来，之前的每一年生日，他都会收到几朵漂亮的玫瑰花，只有这一次，再也不会有美丽的玫瑰花送来了……

"我宁可独自承担一切后果，也不愿变成你的一个累赘。我希望你想起我来，总是怀着爱情，怀着感激。"

这封对爱情一往情深忠贞不贰的痴情少女的绝笔感动了不少人吧？

一朵鲜花在隐蔽的角落无声无息地枯萎，只有这一封信发出震撼人心的无声叙述，像从另一个世界吹来的一阵凄惨的冷风，带来一股不能得到的信息，使我们想起一个悄然逝去饮恨终身的无名女子的悲伤心曲！

这篇小说是奥地利作家斯蒂芬·茨威格的代表作，高尔基称赞它是"惊人之作"。这篇小说也是世界文学史上最负盛誉的经典爱情小说之一，曾被多次搬上银幕，同名电影风靡全球，引发了持续升温的"茨威格热"。

茨威格本人也说："我的中篇小说《马来狂人》和《一个陌生女人的来信》广为流传，平时只有长篇小说才能如此。它们被改编成剧本，公开朗诵，拍成电影。"

茨威格于 1881 年出生于奥地利美丽的萨尔茨堡，他家境富裕，从小喜欢文学，博览群书，在大学时就开始发表诗歌、戏剧、小说。

他的小说作品偏重感情生活，着重内心世界，没有众多的人物，没有宏伟的场面，没有惊心动魄曲折离奇的情节，但是他善于运用内心独白，情景交融的手法，抒情的气氛，生动的情节，深刻的心理刻画，丰富的思想内涵，让人读来废寝忘食手不释卷。

几十年来，茨威格在中国在世界的读者越来越多，尤其是广大的女性读者，谁没有读过他的《一个陌生女人的来信》《一个女人一生中的二十四小时》《马来狂人》《心灵的焦灼》《象棋的故事》《人类群星闪耀时》《普拉特尔的春天》……

谁没有为其中的某一个女人某一段痛彻心扉的爱情洒过一把同情的热泪呢？

1948 年，美国已经把这部小说拍成了电影。2005 年，我国的才女导演徐静蕾把这部作品改编成了一部完全中国本土化的电影，她亲自出演一往情深美丽清秀的女主角，多才多艺的著名演员姜文出演一表人才风流潇洒的作家 R 先生。

2004 年，这部影片获得第 52 届西班牙圣塞巴斯蒂安电影节最佳导演银贝壳奖。2005 年，这部影片又获得了第 25 届中国电影金鸡奖最佳摄影和最佳美术奖。

20 世纪 40 年代，作家茨威格流亡到巴西，才华横溢的他看到自己亲爱的祖国奥地利在法西斯德国的铁蹄下遭受蹂躏，他心如刀割灰心失望。

1942 年，忧心忡忡的他和妻子在巴西双双自杀，热情的巴西人为他举行了盛大的国葬。

可惜啊，再过三年，法西斯就投降了，而我们伟大的作家茨威格再也回不到他美丽的故乡萨尔茨堡了，可是他的作品将永远流传……

《边城》说不尽

沈从文的《边城》，那是一个说不完的话题。

在湘西的某个边境，有一个叫茶峒的小山城，城边有一小溪，溪边有座白色小塔，塔下住了一户单独的人家，这人家只有一个老人，一个孙女，老人的职责是管理渡船，五十年来不知道渡了多少人。

老船夫的独生女，十七年前同一个边防军人相熟，有了小孩后结婚不成，私奔又无勇气，男的服毒死去，女子生下女孩后，故意吃下许多冷水死去。

因住处两山多竹篁，翠色逼人而来，老船夫便把这个可怜的孤雏，叫作"翠翠"。翠翠已经长到了十四五岁，一双眸子清明如水晶，为人天真活泼。

当地掌水码头的人叫顺顺，他大方洒脱，济人慷慨，为人公正无私，他娶了一个有产业的寡妇，生得两个儿子，大儿子天保十八岁，小儿子傩送十六岁。两个青年结实如老虎，却又和气亲人，不骄惰不浮华。

两个年轻人都看中了渡口边清秀灵气的翠翠，他俩约定好公平竞争，各自约好日子，在深夜里为女孩唱歌来决胜负。

翠翠喜欢老二傩送，事情不明朗，天保为此心神不定，送商船时在地势险恶的浪滩上出了事，那么会游水的人被竹篙弹到水里去了，连尸体都没找到。傩送因为哥哥的事怪老船夫态度不明朗，遂外出做生意，一直不回。

翠翠的祖父，在一场暴风雨中无病无灾地去了，在老船夫几个同年好友的帮助下，翠翠料理了后事。

到了冬天，坍了的白塔又重新修好了，翠翠睡梦中的那个年轻人，还不曾到茶峒来。

这个人也许永远不回来了，也许明天回来。

有位作家说得好，中国有两个作家具有鲜明的个性风格，且一看就知，别人连模仿都无法模仿，这两个作家就是张爱玲和沈从文。

沈从文，家道中落，命运多舛，他由一个小学生通过自学成才，终成为一代文学大师。他是湘西凤凰县人，主要作品有《边城》《长河》《丈夫》《湘行散记》等。

《边城》里的翠翠美丽热情纯真，心怀美好的憧憬和期待，翠翠在风日里长养着，皮肤变得黑黑的，触目为青山绿水。

自然长养她且教育她，人又那么乖，像一只山头黄麂一样，从不发愁从不动气。湘西的风景在小说里清香四溢一览无余，古色古香的吊脚楼，清澈见底的沱江水，性情爽朗朴实诚信的人们，这里的一草一木，似乎都有灵气，一山一水，无不独具匠心。

沈从文于 1988 年去世，对他评价很高的瑞典诺贝尔文学奖评委会的马悦然教授曾经说过，那一年，诺贝尔文学奖本来要颁给他的。

沈从文从小离开家乡，颠沛流离，在北平立志靠写作吃饭，在窄而霉小斋，北平的冬天寒风凛冽，他连件暖和的棉衣都买不起，流着鼻血，腹不充饥，凭着湖南人的霸得蛮耐得烦的劲头撑着……

他写呀写呀，写出了一系列独具特色的湘西风土人情，小说文笔优美，非常吸引人，佳作不断，奠定了他在文学史上的地位。

沈从文的小说《丈夫》，聂绀弩给出了如此评价："伟大的俄罗斯的悲哀！"

1949 年以后，沈从文迫于压力，从此远离了他所喜爱的文学和小说，他去湖北下乡改造，在乡下喂猪，看荷花，回城扫厕所，他争取到了在故宫博物院工作的机会，当过故宫的导游。

后来，他和助手夜以继日地研究，拿出了一部沉甸甸的《中国服装史》，得到了周恩来总理的高度评价。

在 20 世纪八九十年代，《边城》像一股清新的风被人们重新认识，大家看小说，迫不及待地去沈从文的出生地凤凰古城游览观看。

一个巴掌大的小城由他的笔下走向了全世界。试问今天，还有几个人不知道凤凰古城的？

在沈从文的墓碑上刻着这样的一句话："一个士兵不是战死沙场，就是回到故乡。"

多年的异乡跋涉之后，他的骨灰回到了凤凰小城，洒在了沱江水里。沈从文，作为一个游子，他回到了他永远牵肠挂肚的故乡。

外婆的那个洞庭湖

以前，我从未写过我的外婆，但我从来未曾忘记过她。虽然外婆的老家——位于西洞庭湖区的十美堂镇，风景优美的澧水河畔，从小到大，我一生中只去过三四次。

小时候的我们，都是十分向往走亲戚的，谁去走过很远地方的亲戚，都是小孩儿口中十分自豪的事。记得我三四岁时，正当春节，那时根本没有人搭车走亲戚，自行车远远没有普及，农村人出行，靠的就是农村人的一双大脚。

我的父亲，一个身强力壮的农民，他挑着一担箩筐，箩筐里是我和六岁的姐姐，姨夫一家一起结伴而行，四五十里路也不怕，七八个人浩浩荡荡走在去外婆家拜年的路上。

我在箩筐里摇摇晃晃，睁大眼睛看着不停变幻的路边风景，眼前是一片辽阔的国营农场，到处是一望无际的甘蔗林，比父亲还高的甘蔗，一棵棵，一排排，齐刷刷地站在地头，几亩地几亩地地延伸，青纱帐一样，葱茏茂密，遮天蔽日，叫人叹为观止。

道路两旁是笔直的树木，野草不怕严寒，给田间带来一丝倔强的绿色，春天的季节，湘北平原地带到处都是水田，还不到春耕的时候，到处都是棕色的稻草桩，偶尔几只鸟扑棱扑棱地飞过，打破了平原乡村长久的寂静。

外婆是个精神奕奕的老太太，个子精瘦的她永远穿着黑色的衣服，外公去世得早，外婆一个人拉扯三男五女长大，外婆吃的苦头可以说一言难尽，那时的外婆已经有了几个孙子，她一个人住在一个偏房里，房间里打扫得一尘不染。

我跟着外婆去屋外的湖边去玩，她那里属于西洞庭湖区，一边高一边低的两道堤梁，上下两排人家秩序井然，黑瓦红砖房，参差不齐，错落有致，有些古色古香的味道。

最漂亮的是荷塘里大片大片的荷花。六月的季节，到处都是绿意盎然的小伞似的荷叶，红的荷花，绿的荷叶，一片片荷叶在风中起舞，亭亭而立的荷花，一朵朵，婀娜多姿，相得益彰。"接天莲叶无穷碧，映日荷花别样红。"说的就是这样漂亮的乡村风景吧？

外婆带我去她的菜园，我看到像圆盘筛子一样大的南瓜，弯弯曲曲的黄瓜，红彤彤的灯笼辣椒，沉甸甸的西红柿，挖出来像何首乌一样的凉薯……

再远处是一片河港，高大成林的松树一排排，似乎望不到尽头，青黑色的松树枝繁叶茂，树干大小不一，绵延数里，蔚为壮观。树林边就是洞庭河的尾港，这一片泽国水乡的美丽风景给童年的我留下了难以磨灭的印象。

外婆是个勤快的人，她手脚麻利，快人快语，脸上总带着爽朗的微笑，母亲有八兄妹，外婆的外孙大大小小有二十来个，在那个热闹的人群中，我是不起眼的那一个。

有一年，我的眼睛近视了，配了一副眼镜，在家我总是不愿意戴，外婆那时在我家小住，她笑眯眯地说："小林，你戴眼镜好看，有文化，像那个张海迪的样子。"

我一听欣喜万分，外婆竟然还知道书上闻名遐迩的张海迪，我竟然像很有学问的张海迪，这真令人高兴！我再也不抗拒戴眼镜了。

外婆总是善解人意地鼓励孩子，我就没见过外婆发过脾气。在我的记忆里，她平易近人的面容，总是在我眼前晃荡，她亲切爽朗的笑声，总是在我耳畔回响……

外婆走了将近十年了，有时我会想起她，想起西湖农场遮天蔽日的甘蔗林，想起洞庭湖里亭亭玉立的荷花塘，想起澧水边上那高耸入云的黑松树林。我只想痛痛快快地喊一声："我的外婆哎！"

一声叹息地错过

《其后》是我看过的最经典最难忘的电影，没有之一，它改编自日本文学大家夏目漱石的小说。

20世纪初，长井代助是大户人家的二公子，自小家境优渥，不曾为金钱烦恼，在东京帝国大学求学期间，他和平冈次郎、菅沼成为形影不离的好朋友。

长井代助和平冈次郎对菅沼的妹妹——美丽的三千代都有意思，菅沼家境贫寒，代助估计家里不会同意门不当户不对的婚事，于是自告奋勇游说三千代嫁给平冈。

两人结婚后，三千代孕期得了心脏病，孩子意外流产，承受巨大压力的平冈又因工作不顺，破罐子破摔，遂在外面声色犬马，流连烟花场所。三千代持家入不敷出，代助对羸弱清秀的三千代始终不能忘怀，他多次拒绝了家中安排的婚事。

代助每天悠闲度日，三千代由于平冈亏空失业，几次来找代助帮忙，代助心疼生病后的三千代，想要和三千代在一起度过余生，遭到了毫不体贴妻子的平冈的报复。

平冈写信到报社，披露了代助哥哥公司的黑幕，并将两人的事情送上报纸头条新闻，代助的父亲和哥哥与其断绝关系，心力交瘁的代助一个人走在凄清黄昏的小路上……

森田芳光的导演极为出色，手法淡然，娓娓道来。春日迟迟，姹紫嫣红的桥边，儒雅俊秀的代助，高大健谈的平冈，美丽的三千代梳着乌黑发亮的银杏髻，一双水汪汪的大眼睛如同一潭清水，彩色的和服在风里飘扬，一幅诗情画意的画面。

从此，一个优雅安静的女子，在两人的生命中茕茕孑立。一场爱而不得的情感就此展开，两人都喜欢百合花，三千代雨中上门，仆人们都有事出去了，代助急忙去倒茶水，三千代出乎意料地把代助喝剩下的半杯水喝了，代助大吃一惊。

平冈为人夸夸其谈，工作不顺后花天酒地，对家中的拮据死活不管，三千代无论怎样节省仍是不足度日。这次，三千代跑了很远的路，代助淋了大雨，买了三枝带着雨露清香的百合花给三千代，两个人都对眼前的一切倍感心动和迷茫。

一个含泪无语，一个细声倾诉，四年前欲语还休的话语，在四年之中以各种方式折磨，四年后的告白，带来的是无可挽救的磨难。代助碍于道德的束缚，只能将炽热的情感深锁心底。

代助自己没上班，生活费用仰仗父亲和哥哥的资助，为了帮助艰难度日的三千代，他只好几次向善解人意的嫂子开口借钱，爱情还在那个位置，只是错过了时间。深爱无缘，心有千千结……

松田优作不愧是日本的实力派演员，他把长井代助这样的一个多余人形象演绎得惟妙惟肖，代助善良慵懒，热心助人，读了大学的他看不惯社会的尔虞我诈，索性没有上班，没有实力的他在情场上遭败是无奈而又必然的事情。

一声叹息的错过，爱而未得的感情，美丽的三千代似乎走到了生命的尽头，而缺乏行动的代助还要经受生活的捶击，还要艰辛地独自走下去……

川端康成和他伊豆的舞女

川端康成说："无论是《伊豆的舞女》，还是《雪国》，我都是怀着对爱情的感谢之情来写的。"

《伊豆的舞女》是一部短篇小说，高中生的"我"独自到伊豆去旅行，遇见了一个十六七岁的舞女，她梳着一个"我"叫不上名字的大发髻，发型古雅而奇特，把她那严肃的鹅蛋脸衬托得更加小巧玲珑，十分匀称，真是美极了。

茶馆里的老太婆轻蔑地说："那种艺人哪有固定住处，巡回艺人的地位很低下的。"

"我们"在路上相遇，一起登上客厅的二楼，舞女从楼下端茶来，手不停地颤抖，茶洒了一地，看见她羞涩的表情，"我"惊呆了。

舞女的姐夫常常跟"我"一起交谈，"我们"成了朋友，他叫荣吉，妻子叫千代子，妹妹就是那个舞女，叫薰子。

薰子跟"我"下棋，她还是个强手，房间里只有"我们"俩人。起初，她离棋盘很远，渐渐地她忘记了自己，一心扑在棋盘上，她那显得有些不自然的秀美的黑发，似乎触到"我"的胸脯，她的脸倏地红了。

姑娘们在吃饭，薰子求"我"给她读《水户黄门漫游记》，她把脸凑过来，表情十分认真，眼睛里闪出了光彩，那双亮晶晶的又大又黑的眼珠娇媚地闪动着，这是她最美妙的地方，双眼皮的线条也优美得无以复加，她笑起来像一朵鲜花，用笑起来像一朵鲜花这句话来形容她，是恰如其分的。

"我"去看电影，薰子想去，阿妈不让，薰子抚摸着小狗的头，她仿佛连抬头望"我"的勇气也没有了，"我"一个人看电影去了，返回旅馆，"我"在窗台上眺望街市夜景，不知怎的，"我"的眼泪扑簌簌地滚落下来。

秋风萧瑟，荣吉在半路上给"我"买了柿子、清凉剂送行，"我"就要告别他们了，一种剐心的寂寞从"我"心底油然而生，快到码头，舞女的倩影映入"我"的眼帘，她依旧是昨晚那副化妆的模样，这就更加牵动"我"的情思。

眼角的胭脂给她的秀脸添了几分天真，薰子仍然紧闭双唇，"我"回过头去，薰子想说声再见，又咽回去，她再次深深地点了点头，船儿远去，薰子才开始挥舞她手中的白手绢。

"我"用书包枕着头，躺了下来，脑子空空，泪水簌簌地滴落在书包上。

旁边的学生去东京准备入学考试，他对"我"有明显的好感。

"你是不是遭到了什么不幸了？"

"不，我刚刚同她离别了。"

川端康成（1899—1972），日本文学界泰斗级人物，新感觉派作家，著名小说家，1968年以《雪国》《古都》《千只鹤》三部代表作获得诺贝尔文学奖，成为亚洲第三位获得诺贝尔文学奖的人。

他生于大阪，毕业于东京大学，幼年父母双亡，姐姐和祖父母陆续病故，他被称为参加葬礼的名人。他一生多旅行，心情苦闷忧郁，逐渐形成了感伤与孤独的性格。

他的作品富于感伤之情，追求人生的升华。他成功地将日本文学的传统美与现代主义的多种艺术技巧完美地结合了起来，创造了独特的川端康成之美！

《伊豆的舞女》这篇小说自始至终都带有一种淡淡的哀愁。巡回演出艺人的好意温暖了孤儿川端康成的心，治愈了他心灵的创伤。此后十年，他每年都会寻访伊豆岛，他自称自己是一个"伊豆人"。

川端康成在《少年》里回忆了他当时的心境："我二十岁时，同巡回艺人一起旅行的五六天，充满了纯洁的感情。告别的时候，我落泪了。这未必仅仅是我对舞女的感伤，就是现在回忆起来，莫不是她情窦初开，作为女人对我产生了淡淡的爱恋？不过，我并不这样认为，别人对我这样一个人表示好意时，我就感激不尽了！"

伊豆岛，如诗如画，风光旖旎。

伊豆的舞女，笑靥如花，欲语还休，人生若只如初见！

爱美的姐姐

我的姐姐呀，她是一个农村人，但是她又不像是一个农村人，用我儿子的话来说，她是一个爱美的人。

我最记得小时候，姐姐是我们几个女孩子的"种花头儿"，我们心甘情愿听从她的指挥调遣。春天来了，万物复苏，雨水充足，姐姐叫我们种花。一株株苗壮结实的菊花苗，一株株弱不禁风的凤仙花苗，一株株生机勃勃的美人蕉苗……今年姐姐叫我们种在菜园这头，我们就一丝不苟挖土扶苗浇水，明年姐姐又叫我们种在菜园那头，我和邻居的几个女孩干得乐此不疲，虽然一身带泥两手乌黑膝盖上全是土坷垃。一到夏秋两季，我们种的花开得姹紫嫣红风景这边独好，村里的人不由得对姐姐竖起了大拇指。

姐姐其实是个做裁缝（服装设计）的料子，不知为什么没去学这行，也许是家里当时拿不出拜师的学费吧？她最喜欢设计服装了，有时去街上买布料，她总是有独具一格的眼光。有一次，她买来一块白底加红圆点的布料，指点裁缝按她说的样式做成了一条裙子，穿在她那柳条一样青葱的身上恰到好处，真让人过目难忘啊！虽说姐姐只有小学六年级的文化，但她那时的模样很像当年的明星刘晓庆，不消说，当时好几个青年都争着要当我的姐夫呢！

一晃十多年过年了，前年我回到阔别已久的老家，我从心底里又大大吃惊了一回。

姐姐家的楼房蓝瓦白墙颇有意境，院子四周的围栏雕饰别具风格。一进院门一个花园映入眼帘。夏天应季的花儿正在竞相开放：光美人蕉的颜色就有四个品种，红彤彤的，黄灿灿的，洁白的如雪，橙色的娇艳；紫薇花在风中摇曳生姿频频点头；凤仙花更是不甘示弱，一簇簇，一朵朵掩映其中，好像探出头来欢迎客人……

院子后面有一个小池塘，塘边也是鲜花盛开云霞一片，池塘另一边的土路两边有丝网，公鸡母鸡三三两两在此觅食打鸣各不相扰。稻田边荷叶田田荷花开得正好，每一朵都是那么亭亭玉立风姿绰约，看哪一处都是一幅绝妙的乡村水墨画。

姐姐家的二层小楼不算，光厨房、谷仓、过道、简易房加起来都有九十平方米。餐厅白墙上，一大束天真烂漫恣意开放的鲜花，一个古色古香的花瓶，乍一看我以为是一幅西方的油画作品，原来是姐姐的十字绣杰作，画上的诗情画意温馨无比。客厅里的一幅《马到成功》叫人刮目相看：一望无际的草原上，八匹姿态迥异的骏马正在风驰电掣奔向远方……每匹马都生机勃勃神态不一，逼人的翠绿接天铺地而来，不由得让你浮想联翩。《旭日东升》描绘的是郁郁葱葱的两岸青山，一轮红日呼之欲出，流水绿树掩映之间，几个童子荷柴而立，山蜿蜒而行，瀑布顺势而下，水声似乎音犹在耳。《金玉满堂红》以绚烂的黄色为主调，红黄相间的枫树林遮天蔽日，枫叶像一团团赤色的火焰，一条玉带似的小溪川流而过，挺拔的树林，阵阵秋风吹来，落叶飞舞层层旋转。《花开富贵》是姐姐已绣了一年多的作品，长近四米，宽两米半，天姿国色、绰约多姿的牡丹浑然天成……真正是一项呕心沥血的工程啊！《一帆风顺》《家和万事兴》《江南村居图》……儿子跟珠海的小伙伴说，姨妈家的别墅可漂亮啦！在珠海我们进家换一次鞋子，在常德我们要换两次鞋子，因为姨妈家一尘不染呢！姨妈的十字绣画更叫人拍案叫绝啊！

我的这个姐姐也真让人疑惑，她的文化是小学学历，在珠海打过一两年工，然而你看她设计的客厅花栏，你看她种的各色花草，你看她绣的一二十幅十字绣作品，她对色彩的品位和格调使我相信她是颇有天赋的。农活有收割机帮忙，种种花草和蔬菜，养养鸡，绣绣花，姐夫的锯木生意也不错，学建筑设计专业的儿子已经在珠海上班，姐姐的好身材一直没有变，还是一副柳条腰，和电视上的刘晓庆差不多呢！可是她从未刻意节食减过肥，姐姐也常在电视上买鞋买化妆品，她说送货上门货到付款，方便得很！

爱美的姐姐，真是赶上了好时候啊！

我和阅读的故事

在我的一生中，书本起的作用是无可比拟的，可以毫不夸张地说，书是我永远的老师。

在我的童年，在我的湖南老家，农村基本上是无书可看的，除了几本语文教材之外。好像是在十岁那年，我去一里路外的堂姐家做客，在上厕所时，我意外发现了一本当擦屁股手纸用的书。书已撕掉了三分之二，剩下的三分之一小字密布，黄黄的纸，终日躺在厕所里，明显有着难闻的味道。

我一看欣喜若狂，哪管臭不可闻，我拍了拍书，带回家一看，竟是宋江打方腊的名著《水浒传》。最精彩的一百零八将出场章节都已没有了，我把它晒在屋檐下散散臭味。一个暑假里，我津津有味地翻来覆去看着这本破烂书，为里面的人物欢欣喝彩自得其乐。

我和村里的女孩红儿同龄要好。漫长的暑假，镇日长闲，知了长鸣，整天玩也玩腻了，家里的《隋唐演义》《薛仁贵征西》都被我俩看烂了，她的母亲就建议我们去向一个当过老师的亲戚找书看。亲戚家在四五里路外的一条河边，我和红儿都是十岁左右，我俩迈开脚步就出发。弯弯曲曲的乡村小路不知走了多久，我在村子外边等，不多久红儿就背了个鼓鼓的袋子出来了，袋子是农村装化肥用过的，我俩轮流背着欢天喜地大步流星地往家赶，回家倒出来一看：《今古传奇》《当代》《故事会》《岑凯伦小说》……

我印象最深的是一本《一桩神秘的案件》，厚厚的一本外国小说，那时我四年级，根本不知巴尔扎克的大名。红儿是书的主人，她选过之后我就挑了这本，也不管这本晦涩难懂的书是否能理解。这本书在巴尔扎克的书里本不出名，但大作家就是大作家，它讲了一个平凡而又精明的法国农民，为了保护一对落难的贵族双生子而和宪兵斗智斗勇的故事。巴尔扎克留恋法国贵族时期的夕阳之晖，那种惋惜之情写得如泣如诉入木三分，法国乡村森林美丽的风景也让我浮想联翩。从此，我成了巴尔扎克小说的忠实追随者。

后来看的《欧也妮·葛朗台》《高老头》那种人间喜剧式的广阔场景、多重人物的描写更是让人拍案叫绝叹为观止。这本书让我第一次体会了名著的非凡魅力。

1995 年，我辍学出来打工，我和姐姐在一个鞋厂，每个月挣个三四百元钱。姐姐每月把工资统一计划，买方便面、衣服之外都寄回家。姐姐不喜欢看书，也不给钱让我买，正当我要学李逵造反之时，姐姐突然回家了，她应该是厌倦了异乡漂泊孤独受辱的生活回老家嫁人了。

我一下子得了解放得了自由。当天，我就到路边的书摊买了一本砖头一样厚的《三毛全集》，我还记得那本书的价钱不便宜，五十块！我毫不犹豫地买了，记得当时的一根早餐油条是五毛钱。三毛的风花雪月太遥远了，宿舍里不知借谁的一本《曼哈顿的中国女人》对我感触最大。

它讲的是中国女子周励经历"文化大革命"，下乡去北大荒放猪，再去辗转读书，最后去美国求学经商的故事。打工的日子，每天三点一线的生活，整天跟个机器人似的转，远离家乡没有朋友，不停地加班赶货让人喘不过气来。这时，坐在机器上削皮的我一边想着周励的故事：冰天雪地的北大荒，天寒地冻人烟稀少，周励一边赶猪一边吟诵着孟子的那句话："天将降大任于是人也，必先苦其心志，劳其筋骨，饿其体肤……"我细细思量，打工再苦，也没有人家周励在冰雪地里放猪受的苦多吧?!我至少还能挣点钱寄回家，家里挣钱太难了，难不成回家面朝黄土背朝天过一辈子?!

路遥的《人生》扉页里，柳青的那句话我永远都记得："人生的道路虽然漫长，但紧要处常常只有几步，特别是当人年轻的时候。没有一个人的生活道路是笔直的，没有岔道的。你走错一步，可以影响人生的一个时期，也可以影响一生。"

我想起高加林还在家乡的黄土地上挥着锄头挖黄土，在老家时，我挖过无数次家里的菜地和棉花地，那种日出而作日落而息的生活我深有体会，至少我在厂房里上班还没有被太阳晒得"黑汗水流（我妈的话）"。《平凡的世界》我看了一遍又一遍，孙少平在黑暗的坑道里当煤矿工人，时刻冒着生命危险，可是为了让妹妹兰香上完大学，为了让家里起一孔崭新的窑洞，孙少平还不是走过来了。

确实有过不少时候，我多次考虑过自杀的问题，甚至盘算过死后厂里按照以往的惯例，赔偿个五六万块钱，父母能拿来做什么用途。当时，我在仓库做仓管，这个工作比流水线轻松一些，这是我发表了几篇文章后辗转申请到的。

当时，电子厂的一个老乡和几个同事都在读自考，我一向喜欢读书，一心想圆个大学梦，反正一门科目费用才二十五块，教材自买。我把工作做完之后就看书做题，别人聊天八卦我充耳不闻，可是我的组长是个上了年纪的人，他一向谨小慎微生怕饭碗不保。他担心我的自学给他捅下娄子，他对别人的荒废时日不管不说，却对我的工作检查到了吹毛求疵的地步。

有一次，听了他的嘲讽和劝告，我一腔郁闷无处倾诉。前几天，一个女孩因为感情问题从七楼楼顶跳了下去。那晚我毫无畏惧地走上了乌黑一片的七楼楼顶，想想远离亲人，想想冷嘲热讽，想想毫无希望的未来，路在哪里？路向何方？我真想一跳了之一了百了。

我转念一想：拿个大学文凭再走不迟，那是我唯一的心愿。一年，不就是一年，我就等不到了吗？就这样我一个人在楼顶的冷风中待了一个多小时又走回了宿舍。

自从读了自考以后，我忙得团团转，日子过得充实起来。我们部门的一位主管在开会时特意表扬了我的自学精神可嘉，谢天谢地，这位组长终于不再为难我了！

我在自考科目《中国当代文学史》这门课里，看到了作家沈从文的《边城》《丈夫》《柏子》，我惊叹这个湖南老乡仅凭小学文化的底子受尽挫折自学成才竟然走上了大学的讲台，因为我的老家与凤凰不远，他文中的家乡风景似曾相识，他文中的家乡语言让人无比亲切，我非常喜欢他那种自成一格的乡村叙事语言，他的弟子汪曾祺和他一脉相承，都是极富个人特色的平淡如水，然而"水"里别有一番风景，所谓"桃花流水窅然去，别有天地在人间"。

茨威格的小说也让我惊心动魄爱不释手，他的全部作品我都借着看完了。《一个陌生女人的来信》最让人难以忘怀，我甚至还模仿他的笔法给当初我暗恋的那个死去同学写了一篇一万字的文章：《一封永远发不出去的信》。巴尔扎克，狄更斯，罗曼·罗兰，契诃夫，欧·亨利，托尔斯泰，张爱玲，林语堂，李白，杜甫，李贺，陶渊明……他们的诗文就像一个百花齐放的大花园，我在其中悠闲漫步，随手采撷……

这时候，也就是 2002 年，我的运气好转了。我拿到了自考的大学专科和本科文凭，我找了一个理工科的青年结婚。在老公按揭买的房子里，我实现了拥有一个书房的梦想。现在图书馆就在我家附近，我做过工人、仓管、报关员、老师。我发现自己最喜欢跟孩子一起阅读成长。

现在，我每天督促他们每周借一本书，在课上分享自己的阅读感受，分享名著带来的体验和快乐。我激励孩子们博览群书走向梦想的远方。我告诉他们，生活有无数的波折，阅读会让我们增强信心克服困难，阅读会修正我们自身的创伤，阅读会让我们诗意而又有趣地活着。

《小城三月》里的林黛玉

萧红是一个才华横溢的女作家，民国四大才女之一。

诗人、学者林贤治说："萧红确实是一个不折不扣的理想主义者。在中国现代文学史上，萧红是继鲁迅之后的一位伟大的平民作家。她的《呼兰河传》和《生死场》，为中国大地立传，其深厚的悲剧内容，以及富于天才创造的自由的诗性风格，我以为是唯一的。"

萧红的《小城三月》也让人惊艳不已。

三月的原野已经绿了，像地衣那样绿，透出在这里、那里，蒲公英发芽了，羊咩咩地叫，乌鸦绕着杨树林子飞，天气一天暖似一天，日子一寸一寸的，都有意思。春天来了，春吹到每个人的心坎，带着呼唤，带着蛊惑……

翠姨，是"我"的一个远房亲戚，翠姨和堂哥大概是恋爱了。

翠姨生得并不十分漂亮，但是她长得窈窕，走起路来沉静而又漂亮，讲起话来清楚地带着一种平静的感情。翠姨的妹妹，忘记了叫什么名字，反正是一个大说大笑的人，不十分修边幅，和她的姐姐完全不同，花的，绿的，红的，紫的，只要是市面上流行的，她就不大加以选择。

　　翠姨的妹妹早就有了时下流行的绒绳鞋，翠姨和"我"去买，一家一家地问，没买到，过了两天，翠姨又提议去买，她早就爱上了绒绳鞋，不过她没有说出来就是，她的恋爱的秘密就是这样子的，她似乎要把它带到坟墓里去，一直不要说出口，好像天底下没有一个人值得听她的话。

　　翠姨没有买到鞋子，她说，自己的命不会好的。她的妹妹订了婚，阔气得很，妹妹出嫁后，"我"母亲常常接她来住。

　　翠姨会弹大正琴，她还会吹箫或是吹笛子，"我们"一家开着音乐会，翠姨参加了，翠姨最喜欢跟"我"说话，因为她觉得"我"是一个读书人。"我们"一同去做客，亲戚家娶媳妇，翠姨那天把众人都惊住了，翠姨出了风头，女人们忽然都上前来看她，也许她从来没有这么漂亮过。

　　翠姨到"我们"家做客，要吃饭了，翠姨梳头总是很慢的，擦粉也要擦到满意为止，每天吃饭，必得三请四催才能出席，催了几次，翠姨总是不出来，伯父说了一句："林黛玉……"全家人笑了起来。

　　翠姨订婚了，她未婚夫是乡下的土财主，那个人又丑又小，她很恐惧，三年过去，人家要收媳妇了。翠姨念着书，开始咳嗽，闷闷不乐。哥哥去看过她两次，翠姨后来支持不住，病倒了，躺下了，她看到哥哥来了，她说："我现在也不知道为什么，只想死得快一点，我的脾气大，不从心的事，我不愿意，我怎么能从心呢？我的心里很安静，而且我求的我已经得到了。"

　　哥哥看了翠姨就退出去了，从此再没有看见她。哥哥后来提起翠姨常常落泪，他不知翠姨为什么死。

　　翠姨坟头的草籽已经发芽了，坟头上显出淡淡的青色，常常会有白色的山羊跑过，这时城里的街巷，又装满了春天。

春天为什么不早一点来，来到"我们"这城里多住一些日子，而后再慢慢地到另外一个城里去，在另外一个城里住一些日子，但那是不可能的了，年轻的姑娘们，三两成双，坐着马车，去选择衣料去了，只是再也不见载着翠姨的马车来。

小城的封建氛围浓厚，翠姨，被家长许婚给有钱的乡下人家，她一想到那个又丑又小的男人就恐惧，翠姨爱上了在哈尔滨读大学的堂哥，这是一份深藏于内心的无望的爱，她在听说婆家要娶她时，就拼命糟蹋自己的身体，在悒郁痛苦中死去。

翠姨父死母嫁，身世寂寞，还因此受有些人的歧视，使她认为自己的命运是不会好的。她个性倔强，不从心的事就不愿意，宁为玉碎，不为瓦全。她确实是一个林黛玉似的女子。

北国的春天，翠姨的坟头草籽已经发芽了。

春天的命运就是这么短！

史铁生和他的清平湾

倘若你觉得自己的人生倒霉透了，那么，你一定要读一读史铁生，读一读他所有的文章。

史铁生是北京人，自小在皇城根下长大，在清华附中读书，他喜欢体育，尤其擅长八十米的跨栏。只要有他参加的比赛，没有不拿第一名的。

二十岁那年，他下放到陕北当知青，他在山里放牛，遭遇来势汹汹的暴雨和冰雹，沟沟壑壑蜿蜒盘旋的黄土高原上，只剩下暴雨中的史铁生和一头受惊的老牛。

雨停了，回到家，史铁生发起了高烧，大病一场，他以为自己身体强壮，扛一扛就过去了，结果老天爷跟他开了一个巨大的玩笑，一年后，他的下肢彻底瘫痪。

从八十米跨栏冠军变成了一个坐在轮椅上的人，这样大的剧变有几个人能安然承受？1980 年末，屋漏偏遭连夜雨，瘫痪的史铁生又得了肾病，从此他一生只能插着导尿管，随身带着尿壶。

带着尿壶，不能远行，他不想给家人添麻烦，大部分时间就独自去附近的地坛待着，去那里看书和写作，一待就是大半天。他有一万种理由选择死，但他还是选择了活着，并持续写作。

在苦海里浸泡的岁月里，史铁生创作了二十部短篇小说，六部中篇小说，两部长篇小说，十八部随笔散文，两部电影剧本。

直到现在，很多人还在说，到北京，可以不去长城，不去十三陵，但一定要去看一看地坛。

我喜欢史铁生的《我与地坛》，里面有着无法言说的坚持与厚重。我还特别喜欢看史铁生的小说《我的遥远的清平湾》。

上山下乡的知青运动中，那是一个极其艰苦的年代，在陕北，穷山穷水，好光景永远是"受苦人的一种盼望"。天快黑的时候，进山寻野菜的孩子也都回村了，大的拉着小的，小的扯着更小的，每人的臂弯里都挂着个小篮儿，装着苦菜、苋菜、小蒜、蘑菇……

孩子们跟在牛群后面，叽叽嘎嘎地吵，争抢着把牛粪撮回家。史铁生病倒了，腰痛得厉害，队长端来了一碗白馍，队长看着他吃白馍，头荏面，很白，里头都是黑面。队长临走时说："心儿家不容易，离家远。"心儿就是孩子的意思，队长看他有病，提议让他喂牛。

留小儿是山里的孩子，破老汉的孙女，她总是没完没了地问北京的事，在屋子里看电影？想吃肉就吃肉？她仰着小脸儿，望着天上的星星，北京的神秘，对她来说，不亚于那道银河。

到清平湾不久，干活歇下的时候，知青就请老乡唱民歌，大伙都说破老汉老爱唱，也唱得好。"老汉的日子煎熬咧，人愁了才唱得好山歌。"确实，陕北的民歌多半都有一种忧伤的调子，一唱起来，人就快活了，《走西口》《光棍哭妻》《女儿嫁》……

破老汉是为新中国的成立出过力的人，他曾跟着队伍打过广州，不是恋着家乡的窑洞，他就不是现在拿着一截树枝赶牛的破老汉了。十年过去，留小儿实现了自己的夙愿，上了北京，还给爷爷买了一把二胡，现在生活好了，破老汉还是成天瞎唱。

那一道道的黄土高坡，那一群群慢慢行进的羊群，那一孔孔窑洞中住着的婆姨娃娃，那个整天唱个不停的破老汉，都让人觉得那么亲切，甚至嗅到了那里的黄土味儿。

清平湾并不遥远，就在作者的心里，就在我们的眼前。

我的遥远的镇德桥

不知道为什么，我们老家的地方，老爱叫什么桥之类，比如刘家桥、王家桥、石公桥、镇德桥……好像真的有数不清的桥似的，我一本正经地告诉你，其实都是些极其简单的桥。我猜想可能我们那里是平原乡村，挨国道有些远，以前难通车，去哪里得靠走路，人们应该是用桥来衡量路程距离的远近罢了。

父亲给儿时的我们讲过一个故事，我模糊记得，主角是我们村里的一个军官，国民党的，黄埔军校出身，有才，可惜站错了队，晚景凄凉，老婆要离婚改嫁，她是附近丁家垸的人，于是军官赋诗一首："有志的女子住丁家垸，无志的郭老一住龙潭。你走你的阳关道，我过我的独木桥。"

话说我们的村子就叫龙潭港，夏夜的屋场上，村里许多邻人正在闲聊，父亲不止一次讲这个故事，为家乡这个落魄才子的气节叫好！那诗写得真妙，父亲发自内心地说。

三十多年前，我七八岁的时候，我们的村子被一条缓缓流过的河一分为二，这边十几户，那边二三十户，河只有十来米宽，两岸架着的是一根电线杆桥，你没看错，就是一根圆圆的电线杆，河水虽然不深，但是一到春夏，滂沱大雨的汛期到了，水势噌噌地上涨，平时晴朗的天过桥都得小心翼翼，何况是雨季来临。

　　在我儿时的记忆里，我家就住在这个电线杆桥不远处，河水一涨，我家的菜园子里全是水，水还向家里漫过来，家里的泥地变得无比松软，几年间，我家被淹了不止一次两次。我在儿时最恐怖的记忆就是过这个桥，一根电线杆，滑溜溜的，湿漉漉的，我甚至几次在梦里还梦到了这个桥，怎么过？太危险了。

　　我们湘北夏天全是雨季，常会有倾盆大雨，好像这个季节的天顶烂掉了似的。那时的我们连雨鞋都买不起，只有光着脚丫去玩耍，地上有泥沙，有水坑，有猪粪、牛粪、鸡粪……我们互不嫌弃，踩上了粪，用水洗一洗，我们照样玩得不亦乐乎，转眼又去看摸鱼去了。

　　因为三到五个月的汛期，上游的水来得特别急，鱼塘里的鱼会被冲到下游来，经过水闸的泄洪，有的鱼已经被冲得昏头昏脑，有的鱼早已受伤。走在河边，有时可以看到大鱼远远地在河上漂浮着，好像不行了，这时身手矫健的年轻人便游泳去抓鱼。每天早晨出门一趟，总有或大或小的收获，绝不会空手回来。

　　一次，下大雨时，父亲去田边看了一回，在河边捡回来一条受伤的鱼，少说也有八九斤重，这鱼个头大，父亲提回来，全家欣喜不已，用盐一腌，青椒和大蒜一放，红烧鱼，味道香得不得了，全家大快朵颐，鱼的香味满屋萦绕，至今我记忆犹新。

　　下雨的季节，我们小孩子多了一项任务，家里没什么菜了，去河岸边上寻找地衣，这得在大雨的第二天一早，在潮湿的草地上，一片片，一团团，黑色的，透明的，晶莹的，像黑木耳似的地衣到处都是。我们拿着袋子，睁大眼睛寻找，找到一大片就会惊喜万分，不到一个小时，一盆菜的分量就有了，我们回家用清水清洗个四五遍，过水，和肉一起炒，放上葱姜，味道好极了。

现在，二十多年过去了，电线杆桥早已成了故纸堆里的历史，下雨涨水的时候，孩子们可以站在白色的水泥桥上看风景，用脚戏水，看河边的杨柳枝叶袅袅娜娜地垂到水上。"黄梅时节家家雨，青草池塘处处蛙。"乡村的四月，宛若轻描淡写的一幅水彩画。

以前的泥巴路现在全修成了干净漂亮的水泥路，延伸到每家每户的大门前，弯弯曲曲像游龙一般，小孩们再也不会踩到猪粪和牛粪了，楼房一座座拔地而起，乡亲们的日子红火了。

我又高兴又伤感，因为正当日子渐渐红火的时候，我的父亲中风了，由于语言功能丧失，他再也不能给我和孩子讲故事了，他再也不能生龙活虎地到处走动了。

哎！我的电线杆桥，我的泥巴路，我的遥远的镇德桥！

苔丝这样美丽而又悲惨的女子

《德伯家的苔丝》是英国作家托马斯·哈代的作品，也是我最喜欢的小说之一。世界级大导演波兰斯基把它搬上银幕，一部精彩的《苔丝》足以证明他的才华实至名归。

电影的封面设计得别具一格，绿意葱茏的草莓园作为背景，一位天真美丽的少女微微张口，一枚鲜红欲滴的草莓晶莹剔透，与少女天然质朴的美相得益彰，少女摄人心魄的美丽，叫人过目不忘。

苔丝出生在维多利亚时期的英国西南部农村，父亲是一个货郎，虽然家境一贫如洗，他却念念不忘祖上的荣光。牧师告诉他，他先祖确实是身家辉煌的名门，他欣喜若狂，喝得酩酊大醉，驾马失策导致自己受伤，家中六七口人吃饭都成了问题，父亲就想让美丽的女儿去几十里路外的本家去拜访，幻想攀个亲戚打个秋风得来一份援助。

不情愿的苔丝还是来到了德伯本家的庄园，正好遇见本家少爷花花公子亚雷。他带苔丝摘草莓，游遍庄园。两个月后，苔丝成了亚雷家的使女，负责喂养老夫人宠爱的一群鸡，亚雷处处利诱苔丝，给以小恩小惠，苔丝处处小心防不胜防。

苔丝和工友参加舞会，回家路上受到工友的排挤和欺侮，亚雷看准机会前来解围，苔丝身不由己上了亚雷的马。在夜色朦胧的森林里，亚雷故意迷路，苔丝被亚雷玷污了，过了几个月金丝鸟的生活后，苔丝执意要回家，亚雷又是挽留又是威胁，可是回家后，苔丝发现自己竟然怀孕了。

她只好含泪受辱生下私生子，家里经济紧张，苔丝还在给孩子喂奶，就去农场做工挣钱养家。几个月后孩子因病去世，苔丝伤心欲绝，隐姓埋名去了一家遥远的农场做挤奶工，在这个风光秀丽的农场，实习的大学生克莱尔对苔丝一见钟情，苔丝被彬彬有礼的克莱尔感动了，他们结婚度假的当天晚上，真诚善良的苔丝把不堪的往事告诉了克莱尔。

在那个年代，贞操观念盛行，克莱尔一气之下去了巴西，苔丝只好黯然回家，为了养活全家，苔丝只得去农场打零工。天寒地冻的天气，苔丝和一帮穷苦工人在冰天雪地里挖土豆，苦不堪言受尽白眼。

到了夏天，苔丝和男人们一起在麦场打工，活儿又粗又重，还要遭遇揩油，公子哥亚雷看到了苔丝的困境，又来利诱苔丝，经济上断绝来源的苔丝又一次成了亚雷包养的金丝鸟。

两年之后，克莱尔后悔了，他到处寻找苔丝，他惊讶地看到苔丝和亚雷住在一起，苔丝看穿了亚雷，两个人在激烈的争吵中，苔丝失手杀死亚雷，她和克莱尔一起逃走。几天之后，层层包围的警察找到了筋疲力尽的他们。

苔丝被处以死刑，克莱尔和苔丝的妹妹结婚了，他扛起了赡养苔丝一家老小的重担，可是那个美丽善良的苔丝永远地离开了这个让她痛苦的世界。

苔丝由娜塔莎·金斯基主演，她被誉为 20 世纪 80 年代"欧洲影坛第一美女"，十八岁的漂亮女孩初上银幕，本色演出，天然质朴。

绚丽的晚霞中，穿着白色盛装的少女们，随着悠扬的乐曲在绿草如茵的草地上翩翩起舞，好像一群欢快的小鸟，苔丝正是他们中间的一员，白色的裙子飞扬，就像一朵纯洁的百合绽放在春天的原野上。

电影的画面唯美而充满了浪漫的气息，展现了英国西南部秀丽的田园风光。哈代，这位生于英国乡村的大作家，一生都在描绘他的家乡，《苔丝》是他最优秀的作品之一。

苔丝勤劳善良，聪明纯朴，小学毕业的她自尊好强，不愿意不劳而获做人家的玩物，她宁愿自己在恶劣的环境里劳作，跟男人一齐干粗重的活儿，但艰苦的劳动不能改善家境的贫穷，一家老小的生活困境逼得她不得不屈服于富家少爷的包养，她想念对她相敬如宾的克莱尔，想等到克莱尔回心转意的那一天，几个弟弟妹妹的拖累使她又陷入困境。

那个年代的贞操观念落后愚昧，等克莱尔想通了来找苔丝，却是物是人非的悲剧结局。亚雷代表新兴的资产阶级，用金钱来衡量一切，直言要用金钱来购买苔丝的美丽，作品展现了英国维多利亚时期，资本主义的蓬勃发展对于乡村的冲击，流露出作者对农村宗法制社会崩塌的深切无奈。

苔丝的殊死反抗终究断送了她的性命，但是她的美丽善良永远留在读者的心间。

影片大获成功，除了导演的才华之外，也与娜塔莎·金斯基的传神演绎有关，我们在银幕上又看到了托马斯·哈代书中那个纯洁美丽的苔丝。

相比那个等级森严的社会，苔丝才是一个真正纯洁的人。

谁家的外婆有这么酷？

．　　　．

昭广的外婆到底有多酷？看完这本《佐贺的超级阿嬷》，你就会一目了然会心一笑了。

昭广的父亲在二战时期广岛原子弹的辐射中去世，昭广和妈妈、哥哥一起相依为命，妈妈开了个小酒馆，无力照顾两个孩子，只好将年仅八岁的昭广寄养在佐贺的外婆（阿嬷）家，在极端艰苦的日子里，乐观的外婆总有神奇的法子，让生活充满温暖，让家里充满笑声……

外婆凌晨四点钟出门打扫卫生，所以八岁的昭广到佐贺的第一件事就是学习给自己做饭，他使劲地用竹管吹水，气流弱了，火苗将熄灭，吹得太用劲，火花四溅，浓烟滚滚又把他呛个半死，小小年纪的昭广已经明白，必须离开广岛的母亲，长期在乡下生活了，悲伤的泪水瞬间泉涌而出。

外婆回家路上的样子有点怪，每走一步发出嘎啦嘎啦的声音，她腰间绑着一根绳子，拖着什么回来了？绳子的一端绑着一块磁铁，上面黏着钉子和废铁，这些废铁拿去可以卖不少钱呢！

"不捡起路上的东西，会遭到老天爷的惩罚的。"外婆真能干！

河面上架着一根木棒，拦住一些上游漂下来的木片和树枝，晒干后当柴烧，外婆四十年前就在致力于资源回收了。开叉的萝卜、畸形的黄瓜等卖不出去的蔬菜，味道也是和外面一样的好。果皮受损的水果，虽然卖相不好，味道却一样，真是这样。

外婆家大部分食物，都仰仗河里漂来的蔬果。外婆称那条河是他们家的超级市场，外婆说，而且是送货上门，还不收运费。

同学们学柔道，学剑道，外婆一听说要钱，就说："别学了，我给你推荐一项好运动，明天开始跑步吧！光脚跑，否则鞋子会被磨坏的。"昭广就在学校的操场上每天跑一小时才回家，不久便成了班上的长跑高手，昭广还是一个技术不错的棒球高手呢！

外婆说："穷有两种，穷得消沉和穷得开朗，我们家是穷得开朗，有钱人很辛苦，要吃好的东西，要去旅行，忙死了，穿着好衣服走在路上还要担心摔一跤；穷人嘛，淋了雨，坐在地上，摔跤也无所谓，贫穷真好！"

朋友给昭广的玩具，西瓜做的面具，昭广抱回家给外婆看，外婆也赞同，他打算明天带到学校去炫耀一番，早上一睁眼，西瓜玩具无影无踪了，昭广四处寻找，外婆让他看玻璃盘子里，西瓜皮正腌在盘子里，已经成了一道菜。呜呼！

外婆把茶渣晒干，用平底锅煎脆后撒上盐巴，就变成了茶叶香松，每次吃完鱼肉后，外婆把鱼骨头放在碗里，倒些热开水喝下去，剩下的鱼骨再晒干，剁碎，压成粉，当作鸡饲料。

外婆总是得意地说："只有可以捡来的东西，没有应该扔掉的东西。"

看看外婆的语录："游泳不是靠泳裤，靠的是实力。"

"穷人能做的，就是展露笑容。"

"成绩单上只要不是零就好了，一分两分加在一起，就有五分啦！"

“让大家察觉不到的关怀，才是真正的体贴，真正的亲切。”

“一万个人生下来，总有几个出故障的。”

“即便有两三个人讨厌你，转过身来还有一亿人。”

“不要一直说钱啊钱的，就是有一亿元钱也造不出一条金鱼来。”

2001 年，日本著名的相声演员岛男洋七将童年与外婆相依为命生活在一起的故事写成《佐贺的超级阿嬷》一书，因内容真挚感人，引起极大反响，经《窗边的小豆豆》作者黑柳彻子推荐后，更造成巨大轰动，畅销七百万册，创造了日本图书界新世纪罕见的奇迹，此书已经集资拍成电影，并且出了续集《幸福旅行箱》《甲子园的梦想》。

感人肺腑的故事和积极乐观的态度，从东京传到中国内地、香港、台湾……这是一部深受老师、家长和孩子共同喜欢的教育杰作。

快去看看这本有趣的书吧！笑声不断，乐在其中，看完谁都会说一声："昭广的外婆可真酷啊！"

我也当了一回鲁智深

鲁智深是《水浒传》里的人物，也是书里一百零八将中我最景仰的人物，因为他的路见不平拔刀相助，因为他的正气凛然倾囊而授。你想，他本来是一个渭州府提辖，相当于现在的正团级别，他曾经跟着老种经略相公、小种经略相公打仗，出生入死立下汗马功劳，他用自己的武艺挣得了这么一个吃喝不愁的工作。

如果不是遇上金翠莲父女，他的日子大概是挺滋润的，可他哪里看得惯一个桥下卖肉的屠夫强抢民女作恶多端的行为？路见不平一声吼，该出手时就出手，《水浒传》电视剧的这首主题歌里说的就是鲁智深这样豪侠仗义的人吧。

十年前，我也摊上了一件麻烦事儿，赶鸭子上架，我也当了一回行侠仗义的鲁智深。

那时，我们买房子不久，刚搬进去，有一天，业主们发现我们那几栋的马路对面竖起了一个巨大的通信基站，几十米高，离我们这几栋只有二十米不到，业主上网查了一下，这样的基站至少要离小区一百米，这通信公司先斩后奏就建成了，根本没在小区公示，更拿不出批示的文件，业主连知情权都没有。

愤怒的业主们大为恼火，仔细一看，我们小区物业在为这个基站供电呢！这下物业经理无话可说，我们几个业主天天打环保热线投诉，从市环保局到广东省通信管理局，每天不停地打，通信公司的客服更牛，他嚣张地说："我们是国家单位。"我说："你们就是一个企业，哪能代表国家？"

我们小区规模不小，至少有两千户吧？可刚入住几年，业主委员会还没成立起来，这就导致了一个大难题：我们的申诉材料没有公章可盖，得要一家一家地征集签名，两千多户啊，六成以上得签一千二百户？！天啊，这可是个巨大的工作量！

开始，业主们义愤填膺声势浩大，过了两周，人数少了一半，大家都急着上班挣钱，多一事不如少一事。我与一个业主整理材料，他是当律师的，我写材料他定稿，律师工作忙得满天飞，一周都看不到他一面，我们几个业主分了一下工，一人负责几栋楼的签名，上门签名这个工作量真的不小，还被人所误解。

没办法，我家四岁的儿子没人带，我只好把他放在他的小伙伴家，叫邻居帮忙一同照看着。叫我这样的人去敲门，实在有些难为情，我这个人生来脸皮薄，自尊心强，什么事讲究求人不如求己，但是，想一想，这个基站的事，这次如果不成功，以后肯定无法再弄了，难道就看着这个庞然大物建得这么近？一套房子一住几十年，太近的危害谁人不知，要不通信公司为啥先斩后奏呢？

罢罢罢，只能进，不能退，我硬着头皮一家一家地敲门，开始别人都以为我们是卖保险的，还没解释就给脸色了，那一脸的嫌弃真让人受不了。有的业主还表示理解，有一家不分青红皂白就把门重重地关了，我气得够呛，走下楼来，晚上十点钟，我一个人坐在小区的椅子上哭了一场，唉！做一件事情就这么难啊？

有个邻居阿姨安慰了我几句，车已经到了山前，只有往前开的分，我想起毛主席在长征路上的艰难困苦，星星之火可以燎原！我就不信这个邪了，我偏要办成这件事。

签了一两个星期后，看着密密麻麻的十几页纸的签名表，我们决定去信访局，大多数业主要上班，难以请假，没办法，我们招呼了一帮退休的老头老太太去维权。大家坐公交车去了市信访局。打听了一下，这事归区信访局管，我们的队伍又浩浩荡荡地转战区信访局。

区里的工作人员态度很认真，叫我把情况叙述一遍，填一份表，按照业主们的诉求，查阅通信公司的批文，他们拿不出来，不到一周，工作人员回复，基站停用！

小区的业主沸腾了，整整两三个月的维权终于有了结果，大家纷纷感谢我们几个，大忙人律师说："这个国企通信公司这么强大，一开始，我感觉确实很难对付，业主容易一盘散沙，不是对手。想不到成功了，感谢你，感谢大家的坚持啊！"

有个小区的邻居说："你们做横幅，打电话投诉，话费都不知费了多少钱，我愿意补给你们，不能让你们出汗出力又出钱！小区有你这样的文人，能说又能写，感谢啊！"有这几句话，值了！我感动得热泪盈眶！

嗯，这是我平生做的一件大好事，湖南人都有一副倔脾气，爱吃辣椒，不信这个邪的霸蛮劲在我的血管里流淌着呢！

为了孩子读书近点，现在我早已搬离那个小区，那里的邻居都还记得我做的好事呢！有时想想，从心底里，确实有些小自豪啊！我也做了一回路见不平拔刀相助的鲁智深，哈哈！

为什么我对树情有独钟

在我的老家，湖南的北部——常德，冬天非常寒冷，没有暖气，寒风凛冽，硬扛的那种冷。

童年时，我们经常是在白雪皑皑的寒风中走去学校，拿那个梦寐以求期望已久的期末成绩单，我们普遍叫它通知书。田野里一片白茫茫，银装素裹，一切都笼罩在雪的天网之中。路上，偶尔遇到几棵黑瘦的树干，孤零零的，茂盛的叶子早就归于尘土，无影无踪。

来年春天一到，杉树，杨树，柳树……它们争先恐后地换上了新绿的衣裳，再过几月，浓郁的一片绿荫就可以供人树下乘凉。树干，黑瘦的树干，每年周而复始地迎接风霜雨雪的洗礼。打小我就悟到，花儿固然好看，树才是真正的伟丈夫。在冬天，在寒风呼啸的冬天，哪里见过花的半点影子？

青春的季节，农村那时没啥书可看，我只有喜欢琼瑶的书，"几度夕阳红"这个书名真好！汪国真的诗歌也抄了不少，但是我最喜欢的还是台湾诗人席慕蓉的诗歌，就是单纯的喜爱，一见倾心。

夏天，镇日长闲，知了在门外的柳树上一声声地叫着，狗热得不停地吐着舌头，我拿一本不知何处借来的席慕蓉诗集，抄得一丝不苟，她的《七里香》唇齿留香，《一棵开花的树》，我至今都能脱口而出：

一棵开花的树

如何让你遇见我

在我最美丽的时刻

为这　我已在佛前求了五百年

求佛让我们结一段尘缘

佛于是把我化作一棵树

长在你必经的路旁

阳光下慎重地开满了花

朵朵都是我前世的盼望

当你走近请你细听

那颤抖的叶

是我等待的热情

而当你终于无视地走过

在你身后落了一地的

朋友啊　那不是花瓣

那是我凋零的心

十六岁那年，邻居婶婶叫我和姐姐一起去办身份证，她说这是很重要的东西，早早办，以后还可以出去打工，去外面打工一定要带这个东西。我们懵懵懂懂地去了，手续很简单，带个户口本，那时的我叫陈小玲，以前的我喜欢声音好听的"玲"字，玲含玉之质，好意头！

那次办身份证，我将自己的名字自作主张改成了陈小林。因为那时候我已经初尝了生活的苦涩，我发现，我不是什么美玉，别人有家世，可以接父母的班，工作就有了；别人有美貌，我唯一的姐姐虽然文化不高，但确实是村里的"村花"，青春豆蔻的她与刘晓庆的样貌神似。只有我好像什么都没有，一个简·爱式的女子，看了一些书，越发不被人所理解，生活的挫折已经纷至沓来，花是轮不到我做的，那么只有当一棵树。

就像路遥所说的，在十岁之前，你就已经知道，你一无所有，你无异于一丛飘蓬，你只有自己的一双手可以依靠。我的直觉没错，名字一锤定音，改得好！

从1994年到2002年，这是我人生中最为黯淡的时刻，开头的三四年，每天加班到晚上八九点是家常便饭，下班迟了连冲凉的热水都没有，我拿着微薄的工资，一个月六百多块，一个老乡，几次叫我给她写过家信的老乡，趁我去冲凉，把我放在柜子衣服里的六百多块拿得干干净净，幸好上个月余下两百多块，才不至于青黄不接。

就是这样，我还是拿了七百多块，去报了一个学习电脑操作的培训班，想学些办公操作，当个办公室的文员也好。我联系好了调动的部门，人家接收了，可是自己组里的主任不同意，原来我不识时务，没有表示一下，泡汤了。

在第二次申请调动的时候，我也学会了打点，把一张百元钞票放在一个信封里，递给了那个之前不想放我走的胖主任。做了两年文员，工资太低，没有出路，我又想调到技术部去，我去面试，那个阅人无数的老头一看我发表过一些文章，他说："你不是我们这条道上的人，我们整天跟数字打交道，抱歉！"

我的几个朋友，她们没有写作的特长，没有我好学上进，她们都进去了，我被打击得体无完肤。我的自考朋友告诉我："你不现实，报社哪里能够进去？简直是白日做梦。"

编辑老师说："你考个本科文凭，到时招聘，我们会优先考虑你们这些发表过文章的人。"等我花了五年考到了专科和本科文凭，报社从此很少招聘，再过十年，纸媒已经日落西山。

就是这样的倒霉，就是这样的一串串的打击，希望像一个个肥皂泡一样地破灭，可是，我还是像《活着》里的福贵一样坚韧。我还是喜欢看书，喜欢写作，喜欢这支笔，丢不下，我对自己没有办法。

二十年前，我在一篇文章中宣告："我没有金钱和美貌的依靠，我只有我的经历赋予我的纯朴和坚韧，它将使我长成一棵树。花有凋谢的时候，而树却可以常青。"

所以我的笔名叫林子，一叫就是二十年，从未更改。

三毛曾经写过一首关于树的诗：

如果有来生

我要做一棵树

站成永恒

没有悲欢的姿势

一半在尘土里安详

一半在风里飞扬

一半洒落阴凉

一半沐浴阳光

非常沉默，非常骄傲
从不依靠，从不寻找

我想那就是现在的我！

那些年我曾犯下的糊涂事儿

我这个人挺矛盾的，有时聪明，有时糊涂。有时一点就通，有时一窍不通，比如对高等数学，哈哈哈！

2002 年，那会儿我刚结婚，我在中国银行办了张卡，卡上是我的私房钱，包括我辛辛苦苦写稿之类的稿费，大概上万元吧。这是我的一个秘密。我妈说了，你一个人嫁那么远，将来别人（丈夫）欺负你怎么办？

我说，我这么聪明，伶牙俐齿的，看了那么多书，谁敢欺负我？私下里，有这笔钱作后盾，我的底气还是很足的，万一和老公鸡飞狗跳吵架了，我还可以买张汽车票回湖南，路费充足着呢！谁怕谁？我这个人只喜欢与书有关的东西，比如小说、杂志、电影，别的东西一般我记不住，也不愿意记。

过了几个月，我发现我的那个卡不翼而飞了。那个卡，不，是护身符没了，我到处找，默默无闻地，不敢大声嚷嚷，到处找不着，我翻箱倒柜，只差掘地三尺，也不见这张卡的半点踪迹，我的急躁毛病发作了，我坐卧不安，万一掉在外面给人捡走，不是麻烦大了？我又不厌其烦地找，衣柜里，各种包里，衣服的口袋里，一无所获！咋办？

不行，得赶紧把卡取消了，我拿着身份证到银行办挂失，又办了一张新卡，顺利得很，我雄赳赳气昂昂地回家了，又解决了一桩心腹大患，心情美着呢！关键是老公没发现。可是，过了一年多，悲剧出现了！那天，我顺手一翻衣柜，那张卡神奇地出现了，完好无损，呜呼！可怜我找了两天两夜，硬是没找到，现在倒好，它出来嘲笑我了！没办法？怪我啰！

每年七月，我必回湖南老家，天气热似火，但是假期长呀，在外婆家，在姐姐家，一住就是两星期，重回田园乐不思蜀！前几年，我看人家的阳台上花团锦簇姹紫嫣红，我羡慕得要命，我立马跑到花档搬回一盆一人高的簕杜鹃，我美滋滋地想，再过一两年，咱家的阳台上也能落一片五彩的云霞，羡煞邻居们的目光，好主意！

平时洗衣服我就给簕杜鹃浇浇水，家里的发财树也是如此待遇。暑假一到，我们一家三口兴致勃勃坐上了高铁，回老家待了一个月，家里的簕杜鹃、发财树没浇水，好家伙，它们联合罢工了，等我们尽兴而回，到家一看，花盆里土地龟裂，花和树不屈服于干旱的威风，它们一起英勇就义了，我好一阵伤感，从此不买这两类植物上门，我怕再对不住它们的冤魂，因果报应我是笃定地相信的。

2006年，我刚考了报关证报检证，决心转行，找工作也难，因为我是理论上的精通，可没做过这行啊！实践是检验真理的唯一标准，怎么办？在老乡的介绍下，我去一个小报关公司实习，工资一千块一月，这么低的工资我也不挑剔，我心想，就是不给我工资我也得干啊！像老家以前拜师学艺，不是只管饭哪还有钱发？

罢罢罢，我把文人的那些诗情画意收藏好，每天规规矩矩地上班。当时，老板也是一个特别的人，为了节约生活费，叫手下一个女生一个男孩每天轮流买菜做中饭，说是自己做的吃得放心。这下我可傻眼了，以前的十年，我都是吃公司的食堂长大，结婚了老公掌掌勺，有小孩了我妈来了七八年，我几乎没拿过锅铲，当然，蛋炒饭没问题，问题是，人家的标准是两菜一汤啊！

那天，轮到我了，我心想，赶鸭子上架，只有硬着头皮上，依葫芦画瓢，我炖了玉米排骨汤，准备了豆角、辣椒炒肉丝，完美！炒这两菜有啥难？没吃过猪肉还没见过猪跑？我先倒了油，油烧热之后，我把新鲜的豆角放进去，炒熟再放盐嘛！

那时，我根本没有经验，根本不知道炉灶有大火小火之分，别人家的炉灶更不熟悉，我炒着炒着，火太大，几分钟后，豆角竟然烧煳了，有几条黑边了！妈呀，这是什么情况？我赶紧关掉煤气，在旁的同事看得哈哈大笑，我只好咧嘴大笑自我解嘲。

再过几年，我妈回老家了，孩子体弱，为了把厨艺练好，我发奋图强，不懂时就打电话回老家，亲爱的妈妈不会厌烦，每次我都把做菜的重点记下来，像做考大学时的笔记一样。后来，有了百度，做菜就方便多了，不用请教别人！真是伟大的母亲，个个都有一颗勇敢的心！至今我已有了几样拿得出手的招牌菜，菠萝排骨，排骨土豆泥，红烧肉，鲫鱼豆腐汤，牛腩萝卜煲，花生猪脚煲……好说歹说，我也能出得厅堂入得厨房了！哈哈！

我教学生写作文时，题目《第一次做菜》，我就现炒现卖，把自己第一次把豆角炒煳的经历给孩子们绘声绘色地描述了一番，孩子们无不捧腹大笑。我说："做菜可是一门学问啊！也是动手能力强的表现，你看广东的人，我认为他们在做菜上就有些天赋，要不有话为证——食在广州。民以食为天，谁能不吃饭？"

广东人以前下南洋，后来在外国打工，没别的本事的话，多是开一个中餐馆谋生，直接就做了老板，所以不要学以前的陈老师！我们要会做几个漂亮的拿手菜！写文章要有素材，做菜也是一门艺术啊！孩子们又笑得东倒西歪了！

　　用我老公的话说，这个人根本就不是贤妻良母，简直就是个书痴，她的眼里只有看书为大，别的一切都是小事儿。知我者，老公也！感谢他的好脾气，感谢他宽广的心胸，能够接纳我犯的这些糊涂事儿，能够容忍我这么一个与众不同的女子，和她特立独行难得糊涂的生活！哈哈哈！

路边的那些野花

前年，我看到日本作家村上春树的小说《当我跑步时，我想谈些什么》，村上春树有一句话精准地击中了我："身为作家，不想身上有赘肉，所以每天跑步一两个小时。"从那时起，每天散步一两个小时，已经成为我发自内心的需要。有时候下雨，任务没有完成，还睡不着觉。

早晨，孩子去上学后，我就开始散步。这几年，政府在所有的路边开辟狭长的绿化带，种了各种各样的花花草草。珠海的气候本来就好，一年到头四季如春，草地上永远是绿油油的。不论何时，路边的鲜花都在竞相开放。

现在是四五月，让人眼前一亮的是，路边小区旁的栀子花开了。珠海的四五月，经常是一阵猛烈的滂沱大雨袭来，栀子花的枝叶轻轻抖动，透明的水珠在花间滚来滚去。就在一夜之间，栀子花好像约定好了似的，一下子全都开放了，白色的花瓣清香宜人，带着些雨后的水滴，更觉得晶莹剔透。

京派作家汪曾祺写道："栀子花粗粗大大，色白，近蒂处微绿，极香，香得掸都掸不开，于是为文雅人不取，以为品格不高。栀子花说，去你的，我就要这样香，香得痛痛快快，你们管得着吗?"妙哉！老头子的文笔这么幽默风趣，生动之极，我以为这是写栀子花最好的一段，写栀子花，谁人再写得过汪曾祺?！

路边的雏菊开得正热闹，白色的，黄色的，小小的花瓣在绿叶间蓬勃地生长。别看它小，别看它默默无闻，可是一到季节，它就争先恐后地探望人间了。这雏菊星星点点的一片，令我想起了家乡那一望无际的平原。

儿时，我们打猪草的时候，白色的雏菊就开在我们的手边、脚边、油菜花的茎秆旁，雏菊在山坡上漫山遍野地开着，小伙伴们在草地上撒欢似的奔跑着，白云在头顶上忽远忽近地飘浮着，多么叫人怀念的童年岁月。

想起萧红在《祖父的园子》里说的，花开了，就像睡醒了似的，鸟飞了，就像在天上逛似的，虫子叫了，就像在说话似的。一切都活了，要做什么，就做什么。要怎么样，就怎么样，都是自由的。我走在路上，感觉眼前的一幕，就是这样活色生香的画面，一切都是生机勃勃的，一切都是自由惬意的。

再往前一走，簕杜鹃花映入眼帘，眼前好似一片火红的花帘。簕杜鹃还是珠海市的市花呢！绿意盎然的青藤到处攀爬，绿油油的叶子青翠逼人。簕杜鹃的花呢？几朵，几十朵，几百朵吧？密密麻麻地一齐开放了，簕杜鹃的红是热情似火的，是姹紫嫣红的，是精神抖擞的。远远看去，好像是天边的一片五彩缤纷的云霞，落到了路边的绿色藤墙上，煞是好看！

当我烦恼时，我就看看这野蛮生长的栀子花，这雏菊，这簕杜鹃，得朝露，得雨水，得清风，无人问津，无人看顾，它也自成一道亮丽的风景线，有什么过不去的坎呢?！人也应该像路边的那些自然生长的花草们，有这么一股子倔强的态度，有人喜欢无人喜欢，尽管按自己的意愿恣意生长吧！

我一边散步，一边看下红花绿草，一边看下湛蓝的天，一边看下飘远的云。有时发个呆，有时想下素材，有时想下远方的亲人，哈哈哈！路边的那些野花啊，早已成了我的好朋友！

"白日不到处，青春恰自来。苔花如米小，也学牡丹开。"这首诗说的就是我的这些野花朋友吧？嗯，我打心底里佩服它们！

那个最让我难忘的小学女生

毫无疑问，胡小艳是我印象最为深刻的女同学，我的小学时代，已经过去了三十多年，但我对她的印象仿若昨天。

小学时代的胡小艳是啥样的？秀气的小女孩，扎着两根小辫子，有点像张艺谋的电影《一个都不能少》中的魏敏芝。衣服嘛，那个年代的我们都很寒酸，哈哈哈！我四年级时转到那个小学，五年级时多了胡小艳这个朋友。

当时在班上，我在女生中的成绩算好一点的，胡小艳喜欢跟我玩。我记得，她最喜欢在学习上刨根问底，下课了，女生们会在一起玩抓石子，一起聊八卦，一起拉帮结派，但是胡小艳就是喜欢问问题，她不懂的一定要弄懂，问了这个同学没搞明白，再问另一个成绩好的同学，反正她不怕麻烦，用我们家乡的话说就是"打破砂锅问到底"。

有一次，记得她问了我一个数学题，把我给问住了，我呛在了那儿，没弄懂，她又问别人去了，我在心里暗暗佩服她，这个人真有一种书上说的"不耻下问"的精神啊！没有什么不好意思，不在乎什么面子，做到这一点还真不容易呢！

一次，好像是在周末，她来我家玩，吃了一顿饭，很简单的一顿饭，我母亲是一个讲究卫生的人，对我的朋友是很客气的，几个小伙伴，吃得很高兴，还约好了下周去胡小艳家玩儿。

到了下一个周末，我和同学小平几个一起兴冲冲地去了，走过两三里弯弯曲曲的平原小路，到了胡小艳家，黑瓦红墙的房子，和我家一样。

我吃了一惊，因为她的父母都不在家，也许是干活去了，她家是两姐妹，我家也是两姐妹，我们两家还挺相像的，胡小艳和妹妹在家，她说中午请我们吃红薯，红薯是我最中意的零食，我只是怀疑，这顿饭没有家长怎么做？

十一岁的胡小艳这时仿佛是个女主人，她把红薯洗干净，咚咚咚地切起来，切成长条子，一条有小手指形状大小，她足足切了一脸盆，大蒜一条条洗干净，切成几段几段的，我和小平就在旁边帮忙递柴烧火，几个人手忙脚乱，火越生越大，几个小伙伴弄了一个多小时，锅里的水终于烧开了，红薯条和大蒜丢下去，再焖一会儿，黄绿相间，热气腾腾，香味飘出来了，每个人一大碗，吃完了再盛，味道真不错！

我们几个农村娃娃享用了一顿自己动手自己做成的美味佳肴，一个个抹着嘴巴回家了，这顿红薯中饭一直让我记忆犹新。

初中，胡小艳跟我不同班，她还是喜欢追着成绩好的同学问问题，初二开始，我的数学几何偏科，让我丧失了考中专的信心。那时的现实情况是一个年级三百人左右，每年只能考取七八个中专生。中专生的工作国家包分配，相当于脱离了农村面朝黄土背朝天的生活。

初三，我因偏科和家贫辍学，后来就来广东打工了。听我父亲说，那一年，我们那个初级中学大获丰收，考上中专的学生破天荒的有十几个，胡小艳就在这一年考上了，她考的是卫校。

三十多年后，当我们再次联系上时，她已经在我们那个地级市里最好的三甲医院做了十多年的护士长了。

前年，我父亲中风严重，胡小艳给了我热心的帮助和建议，如果不是她的经验，我的父亲肯定会接受开颅清创的手术，要么下不了手术台，要么成为一个植物人。

由于她工作特别繁忙，我们没能见上一面，但我时常想起，小学时，班上那个最爱问问题的女同学。自力更生，不耻下问，拥有这两个特质的人，不论脚下的道路怎样坎坷，这样的人总是能脱颖而出！

哪本书总能让我们热泪盈眶？

　　哪本书总能让我热泪盈眶？我的朋友都知道，我指的是路遥的《平凡的世界》。

　　《平凡的世界》是作家路遥的代表作，1989 年获得了茅盾文学奖。2018 年 9 月，《平凡的世界》和《人生》入选"中国改革开放四十周年最有影响力小说"，正是为了这部百万字之巨的作品，路遥付出了全部的心血和热情，1992 年，身患肝病的路遥英年早逝，正如作家贾平凹说，路遥是一位夸父，倒在了追日的路上。

　　《平凡的世界》讲述了在 20 世纪七八十年代，在我国陕北的高原农村，家境贫困的少安为了让弟弟少平和妹妹兰香继续读书，十三岁辍学回村劳动，正直能干的他几年后当了队长，他拒绝了青梅竹马的伙伴润叶的追求，只因润叶是城里人和老师的身份，家里一穷二白的少安娶了一个不要彩礼的朴实姑娘秀莲结婚生子。

　　少平高中毕业后，不愿一辈子当农民，他只身去城市打小工，历尽千辛万苦的少平几年后进了煤矿，当上了班长，他的恋人记者晓霞，地委书记的女儿，在一次凶猛的洪水报道中不幸牺牲，一年后，少平依然走向了两人当年约定的杜梨树下，晓霞却永远无法回来了。少安带领村人办起了砖厂，几度起伏，终于走出了一条光明大道。

煤矿的师傅对少平恩重如山，师傅在生死关头救手下的矿工牺牲后，少平默默地担负起照顾孤儿寡母的责任，他觉得这是自己最好的归宿。

我们这些 70 年代的人为什么对这本书如此情有独钟呢？因为这些都是我们亲身经历过的生活！

少平穿着打着补丁的衣服，食堂排队的人走光了，少平才孤零零地最后一个人去食堂。白面馍、玉米面馍、高粱面馍，学生们戏称欧洲、亚洲、非洲。少平为了敏感的自尊，趁同学们走光之后，蹲在房檐下狼吞虎咽地吃了起来。

我清楚地记得，初中时，父亲一天给我的生活费是五毛，只能买一份豆腐，天天吃豆腐，肚子里一点油水都没有，上课上到下午，力气都没有了。那时，班上的同学有的花两块钱，中午在外面吃一份热气腾腾的馄饨，两块，对当时的我来说，难以想象！

孙少平在山里劳动休息时，躺在黄土上，仰望蓝天白云，眼里充满泪水。他老感觉远方有一种东西在向他召唤，他在不间断地做着远行的梦。在农村生活了十六年的我，也有一个这样的远行的梦，路遥好像能一下猜中人的心事。

我第一次出来打工，是在 1994 年，我看到中山市的街道上种满了花花草草绿树成荫，比我们县城的公园还要姹紫嫣红。每天早晨六点钟的时候，无论是炎炎夏日还是寒风凛冽的冬天，香港歌星黎明的歌声就会准时清晰地响起："这是一个深秋的黎明……"

女孩们快速梳洗后，拿着饭盒鱼贯而下到达餐厅，用餐半小时后准时打卡，迟到五分钟罚掉一个月五十块的全勤奖，第一个月二十六天的工资满打满算是二百八，新建的台资鞋厂机器还未到厂，我们每天的工作就是磨地板，用砂布和水把粗糙的绿色大理石磨得光滑照人。穿着凉鞋的脚在水里浸得太久了不停地脱皮，每天少不了军事化的管理和训话，三点一线的生活让人的神经绷得紧紧的。

前几年，一个台资电子厂的员工连续跳楼的新闻上了电视，对此我是没有半点惊讶的，因为我长期体验过这种类似的生活，我对这些姐妹抱以万分的同情。

我的朋友高安为啥看了《平凡的世界》哭成狗？我和她现在认识二十多年了吧？我们可是一个壕沟里的多年战友。那时，我俩都喜欢写作信笔涂鸦到处投稿，两个小巧玲珑臭味相投的湖南妹子，经常一起去中山开报社的通讯员会议。高安做事总是慢慢的，我呢，刚好相反。

有一次我去她宿舍，找她玩，她正慢吞吞地看一本《大众英语》，书本都翻得皱巴巴的，每天听听磁带练习听力，我倒是服了她这种天塌下来也不急的劲儿。我心想，我全力以赴考个大学文凭都前路茫茫，对口的工作难找，你这种慢悠悠地学英语真能改变命运吗？

可是这家伙真的一鸣惊人了！高安在技术部做了几年员工后，因为学了英语，熟悉了鞋子制作的流程，她跳槽去了外面，做贸易公司的文员，工资涨了。后来，她又拿着打工的钱去广州的一所大学进修了半年英语，花了两万多元，嗯嗯，这番镀金回来，懂技术又懂英语的高安去了外商的贸易公司，直接与外国客户对接。十几年前的那时，安告诉我，她的月薪已经上万了。现在的她已在东莞有了一席之地，安家生子，工作不错！努力的人真让人刮目相看啊！

我们俩为什么如此喜欢《平凡的世界》？

我们经常想起里面的话，还把它摘抄在自己的日记本上：

"一个平凡而又普通的人，时时都会感到被生活的惊涛巨浪所淹没，你会被淹没吗？除非你甘心就此而沉沦。

"尽管创造的过程无比艰辛，而成功的结果无比荣耀，尽管一切艰辛都是为了成功。但是，人生最大的幸福也许在于创造的过程，而不在于那个结果。"

少平现在认识到，他是一个普普通通的人，应该按照普通人的条件正正常常地生活，而不要作太多的非分之想。当然，普通并不等于庸俗，他也许一辈子就是个普通人，但他要做一个不平庸的人，在许许多多的事情中，表现出不平常的看法和做法来。

路遥是一个理想主义者，在他的书中，你可以领略到他无比澎湃的激情！在路遥的笔下，生活充满各种各样的不顺利，主人公大都是于连式的小人物，但却都对未来充满希望，从未被苦难打倒，这也许是路遥小说最打动人心的地方。

当年的我们，就是默念着这样的句子，克服着脚下的一切辛劳和艰苦。终于，我们走过来了！

平凡的世界，不平凡的人们，你我都是！

我为什么喜欢路遥的《人生》？

在身边的人中，我是个爱看书的人，尤其以看小说为乐，除却美国福克纳、奥地利卡夫卡的意识流小说我看不上瘾之外，其他的国内外小说大家的作品我都差不多看遍了，我们中文系有一门课《现当代文学》，主要就是分析各个流派的作家作品，我就是按这个目录来横扫图书馆的，我家有三个借书证，一次借十八本，一个月借一两次，我看得乐此不疲。

想想至今，对我影响最大的还是作家路遥的成名作——《人生》，我第一次读到它的时候是 1994 年左右，那时我是一个流水线的普工，具体的工作是用锋利的机器，把运动鞋上的牛皮边缘削薄，每天上班，下班，宿舍，过着三点一线像机器人一般按部就班的生活。

《人生》的故事倒不复杂。我国 20 世纪七八十年代的农村，高加林高中毕业回乡教书，他的工作被村书记的儿子取代了，灰心丧气的他遇到了漂亮温柔的农村姑娘巧珍。高加林的叔父转业回城，公社马干事就让高加林去县里当了记者，城市姑娘黄亚萍对他素有好感，高加林与巧珍分了手，然而亚萍的前男友克南的母亲为泄私愤，状告高加林走后门参加工作。高加林虽工作表现很好，仍然被扫地出门，回到了生养他的大马河乡村，这时，巧珍已经成了别人的新娘……

我清楚地记得，《人生》的扉页上印着一段话，是路遥的老师，著名作家柳青的一段名言："人生的道路虽然漫长，但紧要处只有几步，特别是当人年轻的时候。没有一个人的生活道路是笔直的，没有岔道的。譬如政治上的岔道口，事业上的岔道口，个人生活的岔道口。你走错一步，可以影响人生的一个时期，也可以影响一生。"坦白地说，这段话我耳熟能详倒背如流，因为它准确地击中了我。

那年我十八岁，正是一个无比迷茫的时候，初中辍学，外出打工，难道我要做一辈子的流水线工人？一个月六百元钱的工资，不做？我又能做什么？工友们每天上班加班，休息只有星期天，通常人人去溜冰场、舞厅、电影院。我一直在思考这个问题，难道打工几年后再回农村，像刘巧珍那样找一个农村小伙子结婚，终身的愿望就是修一个两层小楼房，生两个农村的娃娃，就这样侍弄农活过一辈子？

不，农村的劳动我已经做怕了，一年四季面朝黄土背朝天，我想起高加林的老师位置被人取代后，他在黄土地上挥汗如雨不停地挖土，手上磨破、血肉模糊的情景，我身临其境地做过，根本不用想象那场景。不回，怎么办？珠海这样漂亮，花红柳绿，碧海蓝天，椰风阵阵，我要留下来！怎样才能留下来？我天天冥思苦想。

1998 年的一天，我去老乡的电子厂宿舍去玩，一个房间住了五个女孩，电子厂的待遇就是比鞋厂好，我们的一个宿舍起码住了十五个人，我听她们在谈自学考试的事情，她们考的是时下热门的英语、会计。我一看狂喜，原来这样也可以实现梦寐以求的大学梦啊！

英语我没基础，会计最好，拿到文凭可以找个好工作，可是高等数学这一关，数学偏科的人怎么能攻破这一个拦路虎？那是天方夜谭白日做梦！我喜欢看小说，只有汉语言文学专业适合我，这个专业的缺点是找工作难，没办法，考别的专业过不了，先拿个大学文凭再说。

报名手续很简单，一门费用二十五块，买书自理，报名之后，人就不一样了，好像茫茫大海找到了航行的目标，人家下班了潇洒走一回我熟视无睹，白天坐在机器旁上班，下课后我就去广播电视大学上课，气氛很好，二十个人左右，有做广告设计的老板，开出租车的，会计，编剧，办公室主任，文员，只有我是流水线的吧？上了半年之后，我一看又要交学费了，一期三百多块，这么贵！没办法，干脆自己学，我暗暗打定了主意。

当时的普工天天上班加班，人确实已经筋疲力尽，一个工序要返工，组长扯着嗓子就骂人，什么尊严统统见鬼去吧，这里是工厂！我就想，再苦再难，难道比陕北高原上的高加林困难吗？没有，他在黄土地上日晒雨淋，至少我还是在太阳晒不着的工厂里，至少一个月还能拿个六七百元工资，比起高加林，我还是幸运的。

那时，我们的总公司办了一份报纸，我坐在机器上一边削皮，一边构思文章的素材。下课了，我就在楼道边的一台办公桌椅上写作业，信笔涂鸦到处投稿，我知道，这桌椅是给舍监办公登记用的，只能偷偷地用，因为宿舍里根本就没有一个桌椅，趴在床上写太难受了。

我一边写一边想，将来我有了孩子，我发誓不能让他跟我今天这样，站在流水线的起跑线上，这太艰难了！那就只有现在开始奋斗，别无他路！我不能走错年轻时关键的一步，因为我这个农村妹子错不起，考下这个文凭也不知将来能有什么用，反正时光不能虚度，先实现我的大学梦再说！

一年后凭着发表的一些文章，我申请调到了办公室做了文员。2000 年，用了两年的时间，我拿到了这个对我来说意义非凡的中山大学汉语言文学的专科文凭，三年后，我拿下了这个专业的本科文凭。梦想中的报社进不去，我只好又去考了当时热门的报检证、报关证，转行做了七年自己不喜欢的报关工作。这几年，我创办了自己的作文班，在这个面朝大海春暖花开的海滨城市有了一套漂亮的大房子，儿子聪明活泼，家庭其乐融融。

直到现在，这两个文凭躺在我家的箱子里睡大觉。儿子有天问我："妈妈，你的文凭不是白考了吗？"我说，世界上哪有白吃的苦？文凭虽然没有用上，但考试的这个过程练出了我自强不息百折不挠的奋斗精神。我早早经历了人生这样的至暗时刻，还有什么困难能阻挡我前进呢？

柳青，路遥的人生导师。路遥，我的人生导师，向你们致敬！

童 年 野 趣

20 世纪 80 年代，在我生活的湘北地带，农村是穷的，物质是缺乏的，虽然每户家里大都有了一碗白米饭，但要说孩子的零食是没有钱买的，如几分钱一粒的糖果，一毛钱一杯的瓜子……但农村还是有野生植物的果实可供免费食用。乡村的日子总是廉价地溜过去了，不知什么时候，谁也没有留意到桑葚树什么时候开的花，但是在春夏的五月，你会发现村前屋后的那几棵桑葚树上挂满了一个个青色的小疙瘩，有点像毛毛虫，青的涩，红的润。

过了几天，干农活的你在走回家的时候，竟然发现红的疙瘩渐渐变丰满了，像一道弯弯的红眉，有的颜色由红变深变黑了，你忍不住摘一个放在嘴里，甜丝丝的，有的酸中带甜。在我们小孩没有钱买零食的那些日子里，这下我们这些猴儿可找到了解馋的路子，一个个就地取材不吃得打饱嗝不会放手，每个人的嘴巴黑漆漆的，好像涂了又黑又红的混合墨水一样。一树的桑葚吃得差不多了，嘴巴一抹我们一哄而散。过几天我们又会卷土重来，因为农村的孩子都知道，桑葚过几天又会自行成熟一批的。

在秋风渐起的时候，走过村头的老屋，看到一株枣树上挂满了小小的密密的枣子，椭圆形的青枣。过个十天半月，枣子有大拇指般大小了，像一个个青色的小橄榄球，骨碌碌的。这时候的枣子有些甜味，初熟的涩味消退，枣树的主人一般看得紧，但是看着却得不到的东西最让人惦记了。哪天主人出门不在家，我们这些猴子似的孩儿便手执一个长竿，"啪啪啪"地往树上打，"咚咚咚"，青枣纷纷往下跳，好似"大珠小珠落玉盘"，大家你一个含在嘴里，我一把攥进裤袋里。

有一次，枣树主人破天荒地请孩子们吃枣，大家有的打，有的在地下捡，一伙小孩吃得津津有味。母亲路过这里，看见不论男孩女孩都捡得正欢，只有我十岁的姐姐站在旁边不动，就是不弯腰去捡，母亲寻思这孩子今天有点怪啊！平时馋得不得了的人怎么这样客气？细细一问，原来上三年级的她那天偷拿了家里的两个鸡蛋，准备在小卖店换点零食吃，想不到被眼光犀利的母亲识破了，回家后好一顿臭骂，从那以后，姐姐再也不敢拿家里的一针一线了。

秋高气爽的季节，我们村后那条河成了孩子们辗转相告的好去处。为啥？因为菱角成熟了。在一群绿茵茵的菱角藤下面，青菱角，红菱角，一簇簇地藏着，拿在手中一看，的确像两个牛角一样，剥开来就是白皙的果肉，味甜汁美。要是菱角老了，随手是剥不动的，那就只能带回家烧开水煮一煮，再用刀切开来吃，粉粉的味道也不错。一旦知道哪里的菱角熟了，我们几个女孩相约，拿着一个自家的大木盆，洗澡用的，再把四处寻觅借来的一个大轮胎套在一起，人就坐在木盆上摘，因为我们那儿是平原，船只稀少，只能因陋就简地想办法了。

菱角也分家种的和野外的，家种的是有人投放了菱角种，一般结又大又结实的红色菱角，野生的是大家都可吃可拿的，摘个半天也能堆到满满一个小脸盆。有时候没船没轮胎怎么办？嘴馋的我们不管大小就在河的岸边摘，摘不到就卷起裤脚下河摘。

　　我清楚地记得，七八岁那年，我和比我小一岁的伙伴玲玲、小霞去摘菱角。那是一个长满野生菱角的地方，水草茂盛，浮萍遍地，枝繁叶茂的菱角藤铺天盖地，我们摘了一会儿，玲玲说不舒服，一看腿上也没啥东西，估计是被蚂蟥（水蛭）咬了，可是腿上光溜溜的，啥也没有，大伙跑回家去找大人，玲玲妈赶紧请来了村里的赤脚医生，这才解开了谜团。原来，玲玲走进了齐腰深的水中，一只蚂蟥钻进了她的内裤，附在撒尿的地方吸了很多血，被硬扯出来的蚂蟥吃得圆滚滚的，像一个鼓鼓的圆球，玲玲流了很多血，把我们都吓傻了，从此以后，我们再也不敢下水到那片最茂盛的菱角藤里去了。

　　到了十一月，湘北的天气已经很冷了，只是下午偶尔还有一丝阳光照在村头的田野上。早已收割过的稻田全然没了往日的生机，到处都是一片泥土的颜色。这个时候人们已经加上了毛衣，但是我们这帮猴子们毫不怕冷——因为我们要去"踩荸米"了，荸荠是荸米的学名，我们乡下一直叫它荸米。这个荸米是人们秋后播种的，大概两三个月就可以收获了，荸米的叶子长长的，细细的，从青色到黄色一直到腐烂在田里。主人在田的前方挖荸米，湿润松软的泥巴里，碰到硬硬的一坨，用手一摸，一个两个的硬疙瘩，糊满了泥巴，不用看也知道就是荸米，把它身上的泥巴洗净一看，就是一个黑里透红的荸米，像一个喜人的红元宝一样，这个荸米吃起来汁甜味鲜，又消食降火，还可以炒肉煲汤。

　　主人在前面挖起一竹篮一竹篮的荸米，土被高高地翻起一道土浪，剩下的轮到我们这些猴儿大显身手了。有经验的人都知道，荸米挖一遍是挖不绝的，再精明厉害的种田人也不能做到。我们挽起裤腿，管它冷不冷，双脚在田里乱踩一气各显神通，有时会被泥巴糊住，有时会被零碎的瓦片割伤脚，有时一踩就是一个圆坨坨，哈哈，好大的一个漏网之鱼！旁边的小伙伴看了心生羡慕，只有更加细心地去寻找下一片淤泥。一个下午两三个小时下来，厉害的小鬼能踩到一大碗的荸荠呢！

其实，当时的荸荠也就一块五、两块钱一斤的样子，但那时家里买盐的钱都是用老母鸡下的蛋换出来的，谁的父母会拿钱来买荸荠吃？那些洗净之后红艳艳脆生生的红元宝一样的荸荠是卖给镇上的城里人的，当然在踩荸荠的寻觅过程中，我们体会了劳动就能换来收获的甜头。你看，只要你有耐心，像玩耍一样地踩，像寻宝一样地去发现，你总会踩到一个个硬邦邦的泥元宝——荸荠。

冬日的余晖下，七八个孩子在农田里上蹿下跳，时而欣喜地大叫，时而懊恼地叹息，吃着自己辛苦踩来的劳动果实，土地啊，就是这样结结实实地给农村的孩子们上了最好的一课。

冬天，漫长的冬天，又湿又冷的冬天总也不肯过去。田野里一片荒芜，北风呼呼地刮着，对不能自由奔跑的农村孩子来说，寒冷的冬天真不好过，幸好还有一个寒假。农田里的活计都干完了，这个时候已经快要过年了。

按农村的惯例要做粑粑了。有的地方叫它糍粑，我们那里是用籼米和糯米混合一起做的，所以叫粑粑。在冗长而又没啥新鲜蔬菜的冬天，粑粑就是我们冬日的主食了。主妇们用油煎得香喷喷的，再加些红糖拌着吃，好味道！或用猪油青菜一起煮着吃也是香滑爽口。

做粑粑已经成了每年一度的盛事，一般是几家人合在一起搭伙做。因为做粑粑用的大铁锅、大木棒，一个几百斤重的像三角形大鼎的搅拌容器（大理石材质）都得统一去借。主人家把柴火烧得又大又旺，烧个多半天的工夫，放在蒸笼里的正方形米块终于熟了，这时，师傅把它们搬到三角形的大鼎里，七八个年轻人用七八根一人高的粗大木棒使劲地搅拌，大家一起用力地喊着口号，直到每个人额头冒汗，大鼎里的米块完全溶化成了糯软的一大团，大人们把它放在擦过油的木板上，全村男女老少责无旁贷地来帮忙。有经验的大人把它揉成一个滚圆的长条，再一团一团地撕下来，后面的大人小孩接着捏成一个圆圆的手掌大的粑粑，粑粑冷却之后就凝固成形了。

这个时候的我们可快活了，大人们做粑粑，我们却是捏了一个米团子做些小动物，比如一个丑丑的小鸭子，一个胖乎乎的小猪，一个不堪入目的小兔子……捏好后放在火边烤一下，等烧得焦黄焦黄的时候，吃起来的味道好极了。有的人还发明了新花样，在小鸭子的肚子里包上一些条形的榨菜、一些香辣的豆腐乳，那味道可就引得大人也要羡慕了。

今天这家做粑粑，明天那家做，后天又有另一家做，一个村子来来回回地做，总要十天半月的吧。寒风凛冽的冬天虽然讨厌，幸好有了做粑粑这样的盛事，我们孩子的快乐才没有减少。冬天一般人家一天做两顿饭，闲的日子里，有柴的人家烧上一堆柴火，不管烟熏火燎的，七邻八舍都凑成了一团，有的主妇在纳鞋底，有的男人在搓草绳，有的在谈古论今，讲的是《说唐》里三板斧镇敌人的程咬金，或是《三国演义》里孔明先生赤壁大战借东风……

女孩儿们在绣鞋垫，自己设计一个迎春花开的样式，有的在织一个厚厚的围巾……我们这些猴儿们就在姐姐们的旁边窜来窜去，听一会儿故事，学着织一个像模像样的手套。这些对我来说真是永不褪色的欢乐记忆，虽然那时的日子确实很清苦。

　　听母亲说，二十年过去了，现在农村不做粑粑了，嫌太烦琐，要吃拿米去换去买，专门有人家来销售，孩子也不踩荠米了，也没人摘菱角了，要吃去买就好，村人们大多出外打工，经济是宽裕了不少。村里的孩子少了很多，仅有的几个都去了城里父母身边借读，我真替他们遗憾啊！那不是少了许多妙不可言的乐处？怎样待人处世说话？怎样端茶倒水待客？怎样大家合作做一场粑粑？怎样给父母打下手帮忙？怎样在劳动中体味收获？也许那时我们都是在这些游戏一样的生活里就学会了吧？

　　我那充满野趣的童年岁月呀，真叫人怀念！

给儿子的一封信

亲爱的一想：

你好！前几天，你满了十二岁，马上就要小学毕业了。我和你爸爸感到无限惊讶！你这个给全家带来了无限欢乐的小天使竟然都十二岁了。我经常想起你几个月时学老虎"吼吼吼"地叫，刚会走路时提着米袋到处转的趣事；想起你三岁动疝气手术检查时，护士抽了四管血，你镇定自若的样子让旁边的叔叔不住地称赞这个小孩心理素质好，长大可以当飞行员的事儿；想起你四五岁时摇头晃脑背《三字经》和《唐诗三百首》的情景；想起你一年级时回老家，在火车上用吠陀数学口算"72×78＝5616"，让推销《儿童心算》的列车员叔叔大吃一惊的事儿；想起你二年级时背出白居易《草》的后四句让老师意外惊喜的事儿；想起你十岁那年挑战"辽宁号"航空母舰积木，一千八百七十五片！图纸操作说明书六十多页，你废寝忘食津津有味地奋战了七八天，搭错了一个零件就得拆掉从头再来，你拆了五次就哭了五次，整天蹲着，牛仔裤把皮肤都磨出了血，连大人都眼花缭乱的航空母舰终于搭成了，你笑逐颜开欢呼雀跃！

自从看了《最强大脑》节目后，你迷上了那些魔方达人！你央求妈妈买来了十八个种类不一的魔方，你茶饭不思手转不停，爸爸妈妈不会转，你就向百度的视频学习，不达目的誓不罢休！没多久，全部魔方都能解开了。那个沉甸甸的七阶魔方让大人都束手无策呀！我和你爸爸私下里感叹儿时的我们自愧弗如，家里买了落地扇，大人们午睡，你在安装调试，不亦乐乎……

一想，你性格开朗，有一帮热情的哥们朋友，你很少与伙伴闹别扭。在家时你不时来个笑话让人捧腹大笑，每有烦恼之事你还安慰妈妈："笑一下，开心点！"说实话，这十二年中，你给我们全家带来了莫大的惊喜，我们当父母的，在教育你的同时，也收获了不少温馨的幸福瞬间，我们是一同成长的！现在，我和你爸爸都是你推心置腹的朋友，我们很荣幸！

一想，十二岁了，意味着你是一个青少年了，爸爸妈妈希望你锻炼身体健康成长！希望你博览群书学有所成！书上的智慧会指导你未来的生活道路，指导你去克服学习和生活中的各种困难！

世界并不完美，我希望你是一个理想主义者，不要人云亦云随波逐流！我们可以努力提升自己的修养和知识，为把这个世界变得更好一点而奋斗！世人的苦难不少，你要有善良的富于同情心，做一个对社会有用的人！做一个善良、丰富、高贵的人！

一想，在以后的学习和生活中，我们希望你脚踏实地，一步一个脚印，远离喧嚣和浮躁。玩就痛痛快快地玩，学就专心致志地学。"千里之行，始于足下。""欲速则不达。"这些名言你在书法上练习了，还要在做事做人上实践，切不可志大才疏夸夸其谈！

"长风破浪会有时，直挂云帆济沧海。"这是你喜欢的李白的诗句，送给你！祝福你！

你的妈妈：陈小林

打工

安月

母亲，栀子花开了吗？

母亲，山冈上的栀子花开了吗？

又是五月时节，"晚来骤雨山头过，栀子花开满院香"，家乡那个春意盎然的五月想来比书上描绘的美景不会逊色多少吧？

五月的家乡，青青的山，清清的水，那缓缓的小坡上，弯弯的小河旁，漫山遍野的花儿开得正艳，红色的像傍晚的云霞，白色的、蓝色的不知名的小花摇曳着，像昨夜里银河撒落的小星星，亮晶晶的，还调皮地眨着眼睛呢！竹篱笆上缠绕的月季花娇羞默默鲜红欲滴，婀娜多姿的映山红在风中笑意频频地点头。

在那一片醉人的花香里，我最喜爱那清香洁白的栀子花。在家乡，不论谁家的檐前屋下，院前院后，随处可以看到青翠茂盛、四季常青的栀子花树。

绿叶中的白花瓣或大或小，椭圆形状，端午前后雨水多，栀子花上经常滚动着晶莹剔透的水珠，让人不由赞叹其玲珑有致，娇嫩可爱。那花香更是香得扑鼻而来，仿佛它是端午的使者，栀子花开了，就是端午的佳节了。那么浓的香味，你还没有觉察到吗？

每到这时节，母亲就会将家中那只精致的古瓷的花瓶洗刷得干干净净，盛上半瓶清凉的泉水，然后便吩咐我去采摘几束青枝绿叶的栀子花来，母亲修剪一番后就插在花瓶里。就因了这么几枝摇曳生姿的白花，简陋的房间就变得温馨、明亮起来。

这个时节，瘦小的母亲比平日更加忙碌，端午节在即，母亲忙着采摘粽叶，包粽子，忙着酿制甜甜的糯米水酒。平日的母亲一身干净朴素的衣服，从不刻意打扮的她却对淡雅素净的栀子花十分偏爱。受母亲的影响，我们全家都特别喜欢栀子花，姐姐常将她长长的头发挽成一个圆圆的髻，再插上两朵清香洁白的栀子花。每当这时，母亲会发自内心地称赞栀子花的清香怡人。

然而，我们哪里知道母亲浅浅的笑容里所蕴含的艰辛。儿时，父亲不常在家，奶奶又年事已高，我们姐妹俩又要读书，家里七八亩水田，母亲单薄瘦小的身子是全家的主心骨。每天，母亲总是很早就起床，手脚麻利地煮好一家人的早餐后天才刚刚亮，然后洗衣，除草，喂猪，忙不完的家务活，操不完的心。

母亲在年复一年日复一日的操劳中渐渐憔悴，别人的歌里唱着烛光里的妈妈，而我的记忆深处却总是浮现出在煤油灯下忙碌不停的母亲，以及灰暗的墙上始终投射着的那不辞辛劳的背影。这灯光，这背影，连同母亲亲手剪枝的那些洁白而又耀眼的栀子花，早已织入了我的记忆，织入了我的生命。

儿时的我不知母亲为何偏爱这种平凡而又朴素的白花，今天我才忽然明白过来，那种清爽纯朴的栀子花不正像我一生辛劳的母亲吗？风餐露宿，默默无闻，散发出来的却是沁人心脾的清香。

如今我漂流异地已是四年之久，母亲，你在家乡身体还好吗？远方的女儿多想飞回您的身边，抚平您脸上的皱纹；多想在您喜欢的花瓶里再插上几朵最香最艳的栀子花啊！

冬天的烤红薯

街头的转角处站了一个卖红薯的中年人，我才意识到冬天已经来了。在我看来，冬天，永远是一个与红薯有关的季节。

山野乡间的江南五月，矮矮的山坡上，檐前屋后的自留地里，都种满了青绿的红薯，繁花点缀的瓜架下，竹叶青青的篱笆旁，稠密的红薯藤爬得枝叶招展翠绿葱茏。初冬悄悄打霜的日子，便是收获的季节。

一年红薯半年粮，山里人的一日三餐，米饭必和红薯掺杂着。童年，吃红薯的日子就像故乡那条弯弯的山路般悠长。

红薯虽不是什么特别的珍品，但在山里人勤劳灵巧的手里，却翻出许多的花样。可以煮熟吃，可以熬粥喝，可以就着青青的葱花煎得香喷喷的，可以把煮熟的红薯切成长长的条块，晒干后炸成油香松脆的红薯条。

冬天最难忘的是烤红薯。袅袅上升的松枝的熏烟里，温暖的火苗跳跃着，和和乐乐的一家人坐在炉火边烤着红薯，听父亲讲那过去的事情：山林里那棵结果不开花的怪树呀，后河里那条神秘的大蟒蛇呀……

虽说粗粮涩口，但在我们的肠胃里却极舒服，看看山里的孩子哪一个不长得高粱般壮实可爱，一方山水养育一方人哪！

六年级那年，我的伙伴们都骑上了漂亮的自行车，又带劲又省力，父亲每每送我过了两座山天才大亮，我反常的沉默父亲记在了心上。那个冬天他起得更早，回来也更晚了，原来父亲为了凑齐买自行车的钱，整个冬天都在卖红薯。

父亲骑车到方圆十里外的城里去卖，常常放学回来，看见父亲推着那辆老式"永久"自行车，一个自制的火炉，炉边摆了一排烤得金黄的红薯。

父亲一身陈旧的布棉衣，冻得通红的手上裂了口子，走了不远，父亲又停下来跺脚取暖，那一刻我发现父亲高大的身子弯曲了许多。我眼眶一热，我再也忍不住了，我上前急急地拉住父亲那又粗又糙的大手。

"爹，我不要自行车了，我能走路，真的!"

"傻妹子，差不离了，再卖几天就够了!"父亲随手递过一个最大的烤红薯，我和父亲走在回家的山路上，一大一小两个影子拉得老长老长。

"爹，我长大了让你享福，好不好?"

"好，好，我信着呢!"

小学毕业考试那年我考了个班上的第三名，父亲真的给我买了一辆锃亮簇新的"飞鸽"牌自行车。我骑着它上课回家，直到有一天我泪眼蒙眬地走出了大山的怀抱。

漂泊异乡的日子很长很无奈，收获甚微的我至今没能使父亲过上好日子，每每念及不禁惭愧万分，汗颜不止。岁月飞逝，往事如云烟，只有那片青绿的红薯藤，那一家子围着炉火烤红薯漫谈嬉笑的温馨情景仍然历历在目。

那双干燥裂口的大手，那个弯曲憔悴的背影依旧清晰可见。父亲记挂着我，每次来信，一遍又一遍地嘱我保重身体，并说，家境好了许多，红薯已不常吃了，只是每次过年仍然要炸好多的薯条和烤红薯。"那可是你小时候最爱吃的！"

路过街头，那个中年人，他破旧的老式自行车，一样的有些憔悴而又缄默的神情，像极了我艰辛而又平凡的父亲。

有时，我会花上几元钱买几个烤红薯装在包里，并不是特意要吃，只是下意识地想到：这样一个寒风凛冽的冬日里，他的家里也许有一两个读书急要钱用的儿女，正在门口眼巴巴地翘望着他的归来呢！

冬天的那个烤红薯哎！

家乡的雏菊小花

秋菊常说她最喜爱家乡那种白色的雏菊小花。

秋菊是我的老乡，雏菊小花是我们家乡的一种野菊花，秋菊和我的家就坐落在长满了雏菊的山坡上，平日里大人们拉呱家常不用出门，因为两家只隔了堵枝繁叶茂的竹篱笆。

我比秋菊大了三个月，自小我俩一起捉迷藏摘桑果，一块儿上学放学做作业。不幸的是，秋菊的父亲在一次劳动中受了伤，做不了重活了。

那一年初中还未毕业的秋菊就辍了学，为了成绩优秀的弟弟，为了这个风雨飘摇的家，秋菊坚强地抹干了眼泪，去县城一家餐馆端盘子，每月100元的工资，秋菊按时寄回80元。

两年后秋菊随打工潮涌到了珠海，而我与她重逢在一家规模很大的鞋厂，只不过她在流水线上，我凭着一些发表的文章做了文员。

秋菊常常提及雏菊，大约是因为想家的缘故，几年中她只回去了一次，懂事用功的弟弟读书要钱，里外操劳的母亲又添了多少白发？家中还有个花甲之年的奶奶……秋菊肩上的担子沉哪！

她做的是拉帮的工种，那工种工资高但极辛苦，力气要大手脚要快。几年下来，一双手磨起了厚厚老茧，变了形的大拇指很难伸得直。刚来厂时常常赶货到深夜，脚肿得吓人，只有每月在汇单上填写那个浸泡着汗水和泪水的数字时，她的心里才能稍微轻松。私下里她给我看了厚厚的一叠汇款单收据，几年下来共有两万多元。

得知她弟弟考上中专的那一晚，我俩就着花生和汽水谈到了深夜。"别人车 20 筐，我加班也要加到 21 筐，我只想争这口气，今天我吃过这些苦，就是要让我的弟弟不再吃这些苦。"

眼前这个个子瘦小的同龄人的一番话震撼了我，生活啊生活，你有多少苦难就有多少甘甜！

今年工作不是很忙，我便报名参加了电大自考班，每周三次搭车去广播电视大学上课，秋菊找不到我，便也拿了两本《基础英语》去看。回来时她正跟着收音机里一板一眼读得正起劲，看她那认真而又吃力的样子，我打心眼里佩服她的好学与坚强。

闲暇里我俩常常想起家乡那个金色的秋天，山风起时，那漫山遍野摇曳多姿的雏菊小花哟！在那绿草茵茵的山坡上，在那流水潺潺的小溪旁，随处可见雏菊小花天真烂漫的笑脸。

那一株株的小生命，也许被胖乎乎的小脚丫踩过吧？也许被老黄牛的大尾巴绊倒过吧？也许还被叽叽喳喳的小鸟啄食过吧？

然而秋天来时，雏菊小花在爽朗的秋风里开得正艳，黄色的亮晶晶，白色的水灵灵，有时又像夜幕里眨呀眨的小星星，我们不禁沉醉在那一派沁人心脾的山野气息里了。

我忽然发现，秋菊不正是一株风吹雨打之后仍然生机勃勃盎然微笑的雏菊小花吗？

天涯处处家

扳起指头算，1999 年，我就 23 岁了，说真的，漂泊在外的我好想有个家。

时间怎么过得这样快呢？还清晰地记得十多年前那间依山傍水的乡村小学的教室里，一群戴着红领巾的山娃娃们坐得笔挺笔挺。

香港将于 1997 年 7 月 1 日回归祖国。

澳门将于 1999 年 12 月 20 日回归祖国。

老师在黑板上吱呀吱呀地写着，我们在台下交头接耳地议论："嘘，1997，1999 年，那么遥远的事。"

光阴似箭，再遥远的事也来到了眼前。1997 年那段激动人心的日子里，香港回归在即，母亲每周打几个电话来催我回家，说是怕打仗，外面好多人已经回去了，车费已经见涨……

7 月 1 日我和表姐给家里打电话。

"妈，您放心，我们现在正逛马路吹海风，你看电视上，查尔斯王子正耷拉着脑袋不高兴呢……"

转眼到了 1999 年，再过 100 多天，澳门就要回归了，每天翻开报纸的第一眼便看到这个令人兴奋的倒计时日期。当年的我大概无论如何也想不到，有一天我会变成这个站在海边，嘴里念着

"柴门闻犬吠，风雪夜归人"的游子吧？

漂泊异乡，风雨四载，至今我还挤在集体宿舍里，每天都是在忙碌中度过的，上班上课写作，时间排得满满当当，其实我很想念那个草长莺飞小桥流水的江南小院，父亲的背弯了几许，母亲头上的白发又添了几根？此时的我好想有个家，一个不需要多大但属于自己的地方。

我要像三毛那样，把生活当作写意的水墨画，我要在窗台上养几盆清香怡人的水仙花，吉他挂在床沿边，让它和夜风一起响叮当，我还想拥有一台写作的电脑，嘀嘀嗒嗒，深更半夜里，我轻快地敲击着我的作家梦。

母亲老是在信里有意无意地提到同龄的英子梅子都结婚了，孤身在外的你不要作浮云飘萍赶快回来，等等。想想有些愧疚有些茫然，我也不知道自己到底在追寻什么，那个欲语还休的文学梦？

张雨生的那首《我的未来不是梦》为什么使我一再热泪盈眶？

你是不是像我在太阳下低头
流着汗水默默辛苦地工作
你是不是像我就算受了冷落
也不放弃自己想要的生活……

去年在外结识了一位写作前辈，这个"老珠海"做过官写过文章开过店，经历了下乡下岗下海三大浪潮的冲击，他问起我对找工怎么看，我毫不犹豫冲口而出的一番话让他很吃了一惊："打工好啊，自食其力之外做自己最喜爱的事。"

这个风霜半百的老人看完我发表的一叠豆腐块文章，他凝神了片刻，没说什么，只是在我的笔记本上写下了几个龙飞凤舞的大字："女儿志四海，天涯处处家。"

回来我把这句话压在我的办公桌下面，直到今天纸条已经微微泛黄了，直到今天灯火阑珊的街头仍没有一扇明亮的窗子属于我，我为自己感到悲哀吗？不，我从不吝啬我付出的汗水和辛劳，今天我的收获甚微，那只是表明我的辛劳不够，流的汗水不多，这个家也许只是我执着追寻的一个精神驿站。

或许多年以后，走过风雨的我终于明白，幸福的含义并不仅仅是那个结果，而是在于那个跋山涉水披荆斩棘的过程。

1999 年，澳门就要回家了。

渴望有家的我何时才能停下我疲惫的脚步？也许我应该转念一想：天涯处处家嘛！

老师，长大后我就成了你

朋友来信相问："打工几年，你还有没有令你心跳眼热、历久弥坚的梦想？"

怎么没有呢？至今我念念不忘的是做一名乡村女教师。

儿时去看电影，好像是部苏联影片，讲的是一名乡村女教师和几个调皮学生的故事，演了些什么我到底记不太清了，脑海中只保留了这样一个鲜活的镜头，秋高气爽，山野空旷辽远，一抹绚丽的晚霞正在天际燃烧，绿草茵茵的山路上，一泓清澈的山泉潺潺流淌，乡村女教师走在家访归来的山路上。

她美丽的金发在风中飘起来了，紫色的风衣搭在肩上，她一手牵着一个满脑袋栗色卷发的男孩，这时静静的白桦林里传来了悠扬悦耳的歌声。

"田野小河边，红梅花儿开……"

少年时代的我内向羞涩而敏感，正如同学们羡慕我的考试成绩一样，我渴望穿一身漂亮的衣服光鲜地站在众人面前。有位同学的亲戚给他捎了一双亮着红灯的漂亮波鞋，让我们班上的同学暗中艳羡了好久。曾经年少的心灵悄悄地向往着美丽，可是我非但没钱买红灯的波鞋，连班上集体春游桃花源的 10 元票钱我都拿不出来。

作为班干部的我理应带个头，可是家里房子翻修不久，奶奶又新近过世，上学期的学费还刚清账。

教我们的班主任田老师四十开外，平日里总是一身整齐的中山装，教书颇有口碑的田老师平生有两大嗜好：抽烟和写文章。听他爱人刘老师讲，田老师写文章不用打腹稿，两包洞庭烟一杯茶，洋洋洒洒千言一篇的文章就出来了。乡邻四里谁家有红白喜事，总少不了这个"笔杆子"的得意之作。

班上大概还有两三个同学没交票钱，我上课来下课走匆匆忙忙，生怕谁抓住似的。几年后看到路遥笔下的孙少平孙兰香他们，我就有一种特别亲切似曾相识的感觉。同学们早已上了车，田老师向我走过来："你妈早把钱交了。"

"真的?"我头一歪，破涕为笑。

春游那天，到了风景胜地桃花源，一路上我们像一群快活的小鸟，跟在田老师、刘老师的身前身后。我们看了淳朴、古色古香的秦人村，走在云雾缭绕的遇仙桥上浮想联翩，绿树掩映的背后还有一个曲径通幽的方竹亭呢! 同学们争先恐后地去挤一个黑黑的"鬼门关"，只我一个人不远不近地落在了老师们的后面。

"这个月的生活费又吃紧了，你垫了两张票。"

"唉，就算我两个月不抽烟，行吧?"

无意中听了这两句话，我恍然大悟，其实我早就想到是田老师垫交的，老师烟瘾那么大，叫他两个月不抽一支烟……我的眼睛潮湿了，眼前又浮现出田老师瘦削的背影和苍白的面容。

我想等我长大了，我要做一个乡村女教师，像田老师那样，让贫困失学的孩子都背上书包，我要做他们的知心朋友，带他们去野炊去踏青，在草长莺飞的季节逛一逛名闻遐迩的桃花源。

家乡每年外出打工的人越来越多，那些可爱的乡里孩子怎么办？每次看到希望学校的孩子那明亮焦渴的眼神，我的心便一阵阵地揪紧，给他们一个书包，他们原本都是可能成树成材的好苗子呀！

漂泊异乡的日子，我从不放任自流随遇而安，只因为那个乡村女教师的梦想时时刻刻提醒着我，不要让那个当初替我交费而戒烟的老师失望！

我打算一边打工一边圆我多年的大学梦和作家梦，有那么一天，我一定会洗尽铅尘远离喧嚣回到家乡那座依山傍水的小学，守着我那些红高粱一般淳朴的孩子们，有山风从林梢吹过，桃花梨花争先竞放，像一片烂漫的云霞落在家乡轻盈的屋顶上，在杜鹃清脆婉转的歌声中我提起笔，写一本关于孩子们的书。

春游桃花源归来，同学们各自写了一篇游记，多是桃李芳菲春光明媚的句子，我也写了一篇，题目就是：《老师，长大后我就成了你》。

老师，我在异乡的路上想您

不只是在这条有些泥泞和坎坷的路上，不只是因为这个秋高气爽的九月的缘故。老师，很多时候我常常把您想起，想起那段天真烂漫的年少时光，想起那个郁郁葱葱的校园。想起您，老师！想起您走过岁月留下些许痕迹的沧桑笑容，想起您殷切而又严厉的目光。老师，真的吗？似乎就在弹指一挥间，我们就已长大了吗？

老师，那个春日午后的阳光多么灿烂啊！野炊会上，我们一起朗诵"两个黄鹂鸣翠柳，一行白鹭上青天"的诗句。老师，那个斗酒诗百篇的李白少年铁棒磨成针的故事如今您还讲不讲？"人是要有点精神的。"今天我们回味起这句您常常拿来鼓励我们的话语，觉得有着多么深长的意味和哲理啊！

老师您曾说我们是一群顽皮淘气的小山雀，活动课上，大家七手八脚采来大把鲜艳欲滴的映山红，还不忘在您小小的窗前插上最大最艳的一朵，夏天我们总爱流连那个清凉的长满红菱角的池塘。老师，那时我们从未觉察您年纪已大，多年伏案熬夜的眼睛也不好使了，在那个星星灯火一闪一闪的山路上，老师，我分明又看见了您深一脚浅一脚寻我们归家的背影。

老师，为什么有些事情一定要等待多年之后才能明白，一定要到无法挽留之时才发觉没能好好地珍惜，包括您的关怀与爱？

老师，还记得那个小小的赠书情节吗？

刚进初一的第一堂作文课的题目是"最难忘的事"，一向擅长文字的我冥思苦想了一个感人至深的故事："考试在即，我却因病住院了，多亏退休的外公为我送来了课本与鼓励，当我以优异成绩汇报时，外公却不幸去世了。"事实上我的外公在母亲3岁那年就已早早离世，我编这个故事是为了满足我那个小小的夙愿。老师，我多么想有一个像您那样头发黑白夹杂、慈祥而有趣的外公！

第二天，忐忑不安的我被叫到了办公室，老师，那天您的语气很严厉："小小年纪就抄袭，你的外公在哪儿？我在一本作文书上见过这篇文章呢！"

"老师，虽然我没有一个当老师的外公，但这篇作文的确是我想了两个小时才编出来的。"我忍住眼眶里打着转的泪水，至今我还没有一本像样的作文参考书呢！因为家境拮据，我身上常常穿的是姐姐穿不了又改过的衣服，两只小手在空荡荡的大袖子里显得有些滑稽可笑，那时我最需要的莫过于自信了。"那么我相信你并向你道歉。"我怔住了，一向以严肃出名的班主任老师竟然向我道歉？

老师转身拿出一本书，是我渴慕已久的作家路遥的《人生》，听说书里讲的就是农村一个年轻人的事儿，只见老师的笔唰唰作响，"人贵有志"四个遒劲有力的大字便跃然纸上了，这突如其来的一切就要使我热泪盈眶，书在我的手里微微发抖。老师，你看见了吗？那个小脸儿涨得通红的小女生就是我呀！

几年过去了，常常翻开老师送我的那本珍贵的《人生》，老师仅仅送了我一个"人贵有志"的赠言吗？不，老师送给我的是一种终生恪守的做人精神。正如作家路遥所说："永远不要鄙薄我们的农民出身，它带给我们的好处将使我们一生受用不尽，但我们一定要从局限中解脱出来，从意识上彻底背叛农民的狭隘性，追求更高的生活意义。"

老师，任何时候没有什么比这段话更能打动我刚刚苏醒的年轻的心灵的了，正是不敢忘记您的叮咛，我才一次一次在风里雨里站了起来。老师，多少个独在异乡为异客的日子里，常常感觉您慈祥严厉的目光就在周围，仿佛不断告诫我要向上，要自律，人是要有点精神的！

老师，对不起！四年没去探望您了，不为别的，只是觉得这点小小的成绩不足以告慰您那么多年的期望。老师，多么快啊！今天我们就成了诗歌里那个漂泊远方的游子了。

现在我们走在异乡的旅途，尽管前方有风有雨有泥泞，但我们会踏踏实实地迈出自己的每一步，我们已经深深懂得流浪也是一种播种的过程，在南方这片潮湿而温热的土地上，我们首先要付出的是辛劳和汗水，然后像蒲公英那样，在岩石上扎根，在风雨里成长……

老师，我在异乡的路上想您！

我也是一个范雨素那样的人

初三那一年，我自愿辍学，我自己不愿去了。因为，我发现，我的中专梦想算是彻底落空了。

我们住的屋子以前经常遭受季节水淹，那一年，父亲决定把木屋迁个地方，这就花了不少钱，还欠了一些债，我的学费和生活费就没了着落，为了我上学，父亲咬咬牙去借了高利贷，原本就偏科的我遇上了前所未有的"拦路虎"，那时考上一个中专就能有工作分配，那就意味着能告别祖祖辈辈面朝黄土背朝天的生活，我一直是朝着这个目标努力的。代数，几何，物理，化学，这些一下子增添的课程让我喘不过气来，我一想起父亲借的高得吓人的高利贷学费就睡不着觉，中专考上了还好，考不上，那些利滚利的高利贷学费咋还呢？

我的视力下降得厉害，梦想的破灭让我看不到一丝阳光，我变得一言不发脾气暴躁。身边没有一个可以开解的人，父母都是大字不识几个的农民，我最佩服的班主任只教了我们一年便因肺病休养去了，数学等几科成绩的一落千丈让我心惊肉跳、消瘦不已，这时我选择了停学，父亲不用再借高利贷了吧？再也不用为没有化肥钱的着落发愁了吧？我不是一个拖累家里的罪人了吧？

新的班主任老师以为我是要转到其他学校去，托同学来看我，说要是考上中专，学籍还是在我们这的。父母看着日渐消瘦沉默的我解释了一番，那真是一段灰暗无光的日子啊！学也不上了，农村没有书的日子更是难熬，农忙的时候整天干活，能把你累得筋疲力尽，农闲的时候整天无所事事，一个收音机也没有，一本杂志也没有。

　　停学的两年里，我做过无休无止的农活，就像路遥和莫言笔下的那种单调冗长而又折磨人的农活，春天播种插秧，夏天除草放水，秋天割稻晒谷，农忙双抢，种油菜，浇水施肥，喂猪，提水，放牛，我的父亲为了还债养了一群鸭子，这鸭子一早就得出门往河里田里跑，我提着饭盒走田间小路送到几里路之外的田野里给父亲，再走回来。肚子已饿得咕咕直叫，因为天天吃豆角南瓜南瓜豆角，肚里没一点油水！……莫言在他的农村生活文章里写道，他邻村的两个乡下姐妹，因为忍受不了这种单调可怕毫无生趣的劳作生活，正值青春妙龄的姐妹俩双双喝下剧毒农药，宁愿离开这个汪洋大海一般的农村。我对这有着切肤之痛的共鸣。邻居亲戚拿了一本崭新的《红与黑》来，像红砖头一样厚，我看了一半人家来把书拿走了，多么叫人着迷的小说啊！可是我长了这么大，方圆十里的镇上连一个书店也没有，县城里肯定有吧？农村的人家哪有闲钱来买书啊，那东西不能吃不能喝的，农家的一个鸡蛋都要积多了拿去卖钱换包盐来的。村里人家的几本《今古传奇》《隋唐演义》已经翻得皱皱巴巴了。有一次，亲戚家的厕所里有本撕掉了一多半的《水浒传》，那是农村人用来当手纸擦屁股的，我一看如获至宝，顾不得这书有没有厕所的臭味，兴冲冲地捧回了家。这书讲的是宋江打方腊的那一段，精彩的地方已经早没了踪影，这就是二十世纪九十年代我们湘北农村的生活现状。

那时，我想自学英语，当时连收音机都没有，何况复读机呢？学英语没有这些工具，那是痴人说梦异想天开。当时教我们初中的英语老师还是高中刚刚毕业的，英语发音准不准都不知道。这时，村里的一位赤脚医生好心推荐我去城里当保姆，工资60元一月，我寻思城里有书店，说不定我可以自学什么的，我毫不犹豫地答应了。老板是个灯泡厂的科长，家里有个女儿，穿得像公主一样，比我小一岁，至今我还记得她的名字：小翼。打地铺住了一个晚上，清晨，阿姨叫我去铺床，我一看枕头底下塞着七张红通通的百元人民币，我立即对阿姨说："你的钱要收好啊！"阿姨点点头，露出赞赏的笑容，我不知道我无意中通过了一道考试。其实我一夜未眠，我是人，人家也是人，当保姆要处处看人脸色，这个保姆我当不了，反正家里也没到饿肚子的地步。我打算回家，阿姨吃了一惊，极力挽留。她看我表情坚决就说："我送点东西给你，麦乳晶、饼干……你看要哪些？"我到底拿了一本厚厚的《红楼梦》欢天喜地地回家了，这就是我的一天保姆生涯。

我的处境日益艰难，如果像邻村的同龄女孩一样干干农活，打打毛衣，做做家务，过几年就找个人嫁了也是一种选择。偏偏我这个人看过几本书不肯安分守己，有个同村的阿姨在背后说我："考又没考上学校，还戴个眼镜，将来怎么找个人啊？"在16岁的时候听到这样的冷言冷语，本来血淋淋的伤口上又撒了一把盐，那天晚上我一个人在水塘边的草垛里哭得呜呜咽咽撕心裂肺，我真的想跳到水塘里一了百了算了，可是，到底是对生活的不甘心使我收回了冲动的念头。

父亲得知一个老表的女儿已经去广东打工，便带我们去县城的劳动局报了名，一场体检下来让我又傻了眼，我的眼睛视力只有 0.3，按照招工的规定这是不合格的，这当头一棒让我伤心透顶欲哭无泪。当晚，父亲带我找遍全城的眼镜店，寻找一个打广告的"博士伦"隐形眼镜，当时标价 150 元一副，想不到买下之后我却几次都放不进去眼睛，眼睛也被弄得血丝越来越多，付了的钱当场打了水漂，那个晚上我泪眼婆娑，第二天眼睁睁地看着姐姐同别人上了南下的汽车。那时候的我绝对是一个沉默内向、脾气暴躁的女孩，太多的变故改变了我的心情，谁能理解一个无奈停学、打工受阻的女孩心里的忧愁呢？

姐姐打工去了三个月，寄来一张焕然一新的相片，清秀的姐姐笑得嫣然自信，姐姐身上的新衣服显得新潮漂亮，姐姐在信里说："妹妹，快出来吧！家里的牛还没有放够吗？"我再次兴冲冲地搭上了南下的汽车，反正姐姐在那边，我心里还是有一点依靠的，我第一次看到中山市区的街道上种满了花花草草，绿树成荫，比我们县城的公园还要五彩缤纷，姹紫嫣红。从此，我也成了电视里《外来妹》中的一员了，每天早晨 6 点钟的时候，无论是炎炎夏日还是寒风凛冽的冬天，歌手黎明的歌声就会准时清晰地响起："这是一个深秋的黎明……"

女孩们快速梳洗后拿着饭盒鱼贯而下到达餐厅，用餐半小时后准时去车间打卡上班，迟到五分钟罚掉一个月 50 元的全勤奖，上满一个月 26 天的工资满打满算是 280 元，新建的台资鞋厂机器还未到厂，我们每天的工作是磨地板，用砂布和水把粗糙的绿色大理石磨得光滑照人。我们穿着凉鞋的脚在水里浸得太久了不停地脱皮，每天少不了军事化的管理和训话，餐厅，车间，宿舍，三点一线的生活让人的神经绷得紧紧的。正式生产了，组长关心的是品质和产量，管理人员一般由胆大泼辣的人充任，集合时骂人的话不绝于耳。前几年一个台资厂员工连续跳楼的新闻上了电视，对此我是没有半点惊讶的，因为我长期体验了这种类似流水线的生活，我对这些姐妹们抱以万分的同情。

新厂流动率很高，每天都有很多人打包回家，我和姐姐在这种惶恐中也踏上了返乡的路，可是回到朝思暮想的家乡还是一盆死水日出而作日落而息，面对这种沉闷无奈，我和姐姐又一次背起了行李，这次我们是投奔在中山打工的一个表姐而去的，只要有个熟人找厂当普工还是没问题。我俩风尘仆仆地找到表姐的时候，工厂由于遇上淡季停止招工。

我们在表姐宿舍里住了一个星期，偷偷摸摸地躲避着工厂的舍监，生活费都用得差不多了，表姐决定把我们送到珠海的老乡厂里试试，那时候的珠海经济特区进去是要暂住证的，表姐说了一箩筐的好话，总算借到了三张珠海的暂住证，一张200多元钱，这就是700多元钱！那是一个大雨滂沱的下午，天阴沉沉的，雨珠子打在玻璃车窗上噼啪作响，冷风挟着雨点嗖嗖地直往脖颈里钻，从未听说进城还要暂住证的我们心里更是忐忑不安，一颗心七上八下跳个不停，生怕露出马脚来，那可不是开玩笑的，表姐再三叮嘱大家记住各自的暂住证地址，这下全靠老天爷了。如果三张证件没收就得赔700多元钱，而且人还要被赶下车来。

也许是因为雨点大，也许是因为幸运，年轻的边防战士环顾了车厢里寥落稀少的几个人，就大手一挥让车通过了，我摸了一把脸上，湿淋淋的全是水，不是知道是雨水还是泪水。管它呢！亲爱的珠海，我们终于过关了，当晚无处可去，找了一个破烂的旅舍，一个大概十年都没住过人的房间，一间房还要30元钱一晚，厚厚的灰尘让人无处落脚，席子上的蜘蛛网藕断丝连，一粒粒黑黑的老鼠屎随处可见。门闩坏了，我和姐姐在门口堵了两张长凳子，我俩和衣而眠，背靠背度过了来特区的第一个难忘的夜晚。

姐妹俩都进了鞋厂当了普工，我心中只有一个愿望，寄钱给父亲还债，中午我都很少休息，不管别人做多做少，我一定要超过她，个子小巧的我做事极为麻利，坐在机器边，我的手随着车轮飞快地转动着，初来的那几年里我没有进过一次溜冰场、舞厅，除开买书、买笔和必要的开支外，我尽量地节约每一元钱，这里一元钱只能买两个油条，在老家却可以吃上一个月的盐呢！两年半的时间过去了，我拿出所有的汇款单一算，老天，10000元！我终于凑齐了那个难以置信的数字，而我的姐姐，那个带我出来打工的人，因为无法忍受打工屈辱单调的生活已在两年前回归农村而且嫁人了。那个月我马上请假，烈日炎炎的暑假我终于回到了阔别三年日夜思念的老家。

在周围的小报上发表了几篇文章，我从流水线调到了办公室，这个部门说来就是调解工人和厂方各种矛盾的，也算是一个双方的申诉管道吧！就是在这里我遇上了这件令我终生难忘的婴儿事件。那几天，工厂一切正常运转，9000多名工人按时打卡上班，吃饭，下班，吃饭，加班。那天上午，突然有警察找到我们部门主管大陈，说是有一个拾荒的老头儿清晨在我们宿舍楼下的马路上捡到了一个蛇皮塑料袋，打开一看，老天，里面是一个刚出生的婴儿，毫无疑问这个全身青紫的男婴已经死亡。大陈一口咬定马路两边都是工厂的宿舍，扔婴孩的人不一定就是我们这边的宿舍楼里的。反正一句话，谁也不能确定。

想不到第二天，警察调阅了工厂大门的监控录像，确确实实显示是凌晨三点多，我们这边宿舍五楼的位置扔下去一个形似包裹的东西。大陈一看这下没辙了，只好如实告知台方经理，全厂查找这个扔婴孩的人。因为我们这个鞋厂属于劳动密集型企业，女工大约 9000 多人，男工包括干部大约 500 人。要在 9000 人中查找这个事件的主角的确不是一件容易的事情。好在确定是马路边的宿舍 5 楼，就把重点放在 5 楼成型车间的女工身上。车间的厂长马上集合，说警察都上门了，躲是躲不了的，只要承认可以将功赎罪。黑压压的人群谁也没有应声，厂长只好一组组地集合查看，看了十多个小组，最后终于发现了一个可疑的对象——一个全身穿得很多裹得紧紧的，脸色苍白、神情虚弱的女孩，她瘦瘦的，个头不高，十七八岁的样子，厂长把她领到办公室一问，女孩默认了。

大家都松了一口气开始正常工作。警察交代我们厂方，马上送女孩到附近医院消炎休养一个星期，并且特意叮嘱不能询问案情以防女孩自杀。厂方派遣我们部门的六个人轮流护理。自此，我们办公室的人员放下手中的一切事情轮流值班，大陈、王姐、张姐、小花、小芳和我排好了班次去医院。我们整天照顾她，却连她的名字也不知道，也不能多问一句。姑娘一米五的个子，瘦瘦的乡下女孩，一副懵懵懂懂的样子，两只眼睛怯生生的，可怜又有些茫然。医院怕她感染先输了三天的液，我们在一旁扶她上厕所，给她打饭，给她买水果。她也很少说话，嘴巴抿得紧紧的。只有看到电视里的搞笑情节，她才会忘记眼前的事情，露出那个年龄才有的单纯笑容，显示她的确还是一个 17 岁的女孩。

大我们 20 岁的张姐私下里问她小孩的父亲在哪里，也就是她的男朋友在哪里，她只是摇头，一下说不知道，一下说去了新疆，她说不知道哪个是孩子的父亲。张姐说造孽啊！听她说话的口音应该是陕西那一带的，大山里的女孩，没读几天书，人家生个孩子在医院里，医生、护士、家人围着团团转都痛得撕心裂肺，她呢，天天正常上班，为了不让人发现渐渐变大的肚子，使劲地箍着日渐臃肿的身材，提心吊胆地上着班，厂里每天至少要加班到八点多，这是比较正常的情况，遇上赶货真不好说。半夜三更，孩子要出生了，她经历了怎样的阵痛而强忍着不能惊动室友，她在厕所里剪断了孩子的脐带，擦干了满地的血迹，她没有文化没有见过世面，从一个小山村来到这个灯红柳绿的繁华城市，同来的老乡也是半斤对八两，她不知道避孕，不知道去诊所流产，也没想过生下这个孩子怎么办。

在这种不知所措的痛苦蹉跎中日子终于过去了八九个月，她在极度的惶恐中生下了孩子，她不知如何处理，她更不敢轻易告诉不知底细的人，她没有朋友和父辈的建议，她只好横下一条心来，她没注意婴儿是男是女也没注意是死是活，她把他装在一个曾经装过化肥的蛇皮塑料袋里，她以为神不知鬼不觉无人看见她就打发了这个她身上掉下来的一块肉，她一定是认为自己有权处理自己身上的东西，跟别人有什么关系呢？她不知道这是一个活生生的婴儿，她不知道这样做是犯法的行为。张姐说，还好，她未满十八岁，还差半年吧？判刑可能少一些，还算是未成年人。其实年轻女孩多男的少是个大问题，外面的老乡都开玩笑，说我们厂的女工太好追，冰激凌都能哄上床……护理一个星期后，这个女孩在我们的视线里就此消失，听大陈说，警察确定她未满十八岁，可能判刑两年。

自从出了这件让人目瞪口呆的大事后，厂里请来了计生所的医生来讲课，讲避孕，讲流产，讲要到正规的医院诊所去，还发放了不少的避孕套，全厂近万人，一次七八百人听课，连续讲了13场。从那以后，好像这样的事一下就少了很多，再也没人记起这个小巧瘦削的乡下女工，再也没有谁提起这个令人骇然听闻的婴儿事件。

　　我终于有些时间可以做自己喜爱的事了。我常常在人才市场转悠，专科，本科，研究生，英语四级……我报名学习了电脑操作，每天早上我对自己默念："为什么通向远方的道路会如此坎坷？因为那儿有玫瑰盛开！"比起我无比敬佩的海伦·凯勒、路遥、史铁生、贝多芬……这点苦算得了什么呢？我毫不犹豫地在广播电视大学的自考班报了名，一周有三五个晚上去上课，下班时间紧，有时连饭也吃不上，搭上八九站车去听课成了家常便饭，上课成了我的乐趣，那个绿树成荫书香墨浓的校园一直是我魂牵梦绕的地方，自小最怕晕车的我竟也习惯了刺鼻的汽油味。深夜的十一点钟，一个人走在回宿舍的路上，冷风扑面而来，街道漫长而又冷清，似乎没有一个尽头，昏黄的灯光下影子瘦小而又孤单，我常常会情不自禁热泪盈眶地诘问自己："这样的执着和努力究竟为了什么？"

　　人活着是要有点精神的，这是我最敬佩的路遥说的。我一定要用自己的双手实现这个大学梦。功夫不负有心人，专科自考的成绩我一次通过，除了本职工作我是兼职的厂报通讯员，平时还有一些报纸杂志的约稿，有时一篇文章改到深夜的一两点，第二天我仍会精神抖擞笑容满面地上班去，几年时间里，工作、学习、写稿就是我全部的生活。我涂鸦的作品纷纷上了《广东劳动报》《南海日报》《常德日报》《中国妇女报》……深圳有个自强不息的安子，那我就做珠海的林子吧！宿舍里没有桌子，我就趴在床上写，有位阿姨热心地把我请进了她的小房间，一位老师慕名而来送我几本书给我鼓励，除了成绩和作品我不知道还能回报他们什么。

　　我是一个喜欢看书喜欢校园的人。路遥的《人生》《平凡的世界》让我一见倾心，当时我在仓库工作，做完了事情就可以看书学习，别人八卦聊天，我就埋首书本，可是我们那个谨小慎微的组长生怕我给他捅下娄子，他宁可看到别人聊天唠嗑也不愿看到我学习，他对我的工作近乎吹毛求疵，有几次我听了他的嘲讽和劝告，满怀郁闷无处发泄。前几天，一个女孩从七楼楼顶为感情的事跳下去了，那天晚上我毫无畏惧地走上七楼楼顶，强劲的北风刮得栏杆呼呼作响，想想远离亲人想想冷嘲热讽想想毫无希望的未来，我真想一跳了之一走了之一了百了，我转念一想给自己来个约定，拿到专科文凭再走不迟，那是我唯一的一个愿望，难道就不能坚持到实现的那一天吗？

站在冷冷的夜风中一个多小时，我还是一个人悄悄地走了回来。这时，单位主管在一次会上表扬了我毫不放弃的自学精神，那位组长大人的闲言碎语才算少了。两年后，我拿到了这个对我意义非凡的文凭。

1999年的夏天，老家，在几个小女孩的带领下，我找到了正在忙碌的我暗恋的那个年轻人——我的小学同学，我特地戴了一个墨镜，问了几个问题后我们竟无话可说，是的，从来就没有发生过的事情，本来就天各一方的两个人能说什么呢？也许他早就有了女朋友，我呢，我只是想见一面真实的他，见一个对我的生活发生重大影响的人，为了配得上一个人的优秀，我的努力没有败下阵来，为了一个萦绕在心的大学梦想我不屈不挠，明明知道是不可能的结局，我还是要见一面。这是我的一个多年未了的心愿。

2000年的5月，姐姐在电话中说："你的那个同学死了，叫什么斌，当老师作小学校长的那个年轻人！听说是什么病在市区的医院两天就死了……"那一天我在被窝中哭得眼睛通红，2000年，正是我们属龙的人的本命年，24岁，那么年轻那么鲜活那么阳光灿烂的一个生命就这样不辞而别。因为身在远方无法得知实情，我甚至想象，他要是结婚了就好了，总有一个孩子延续他的生命吧，可是没有，他一个人孤孤单单地去了另一个冰冷的世界，后来又听同学说他是在上课的时候，晕倒在讲台上，送到医院抢救查出是先天性的心脏病，过了两天就不治而去。只有一句话，人死不能复生。

我喜欢看莫言写家乡的故事，看了他逃离农村的举动，我是看得身临其境如临深渊，如果我这样一个爱书如命身单力薄又极要强的人在农村会有什么样的未来？可以设想一下，找一个不看书常打牌的人，修一个楼房生一个孩子，然后面朝黄土背朝天地过一辈子，按照我的个性是不会的，那样无奈的选择我宁可玉碎不为瓦全，像莫言笔下那两个倔强的少女那样离开。

从 1994 年刚出来的日子起，我发誓宁可在外闯荡也不回那个连书也看不到半本的乡村。我找男朋友的标准是人品好，上进，能在外拼搏。我的先生他是一个典型的大学理科生，忠厚善良不懂浪漫，擅长数学和电脑。2002 年，我们在贷款按揭的房子里结了婚。婚后，我用三年把自考的本科文凭拿回了家。

看着家里的贷款和半死不活味同鸡肋的工作，我下定决心报考报关报检实现转行，当时的报关考试如同公务员的考试，6% 的录取比例，那一年我刚生了儿子，我一边哺乳一边复习那几本厚得像砖头的书，别人生了小孩说记忆力减退，我硬着头皮背下了《海关商品编码》里的长长的 97 个章回目，我规定每天查 200 个商品编码，一个月下来查了 6000 个，几本崭新的书被我翻得补丁重重，满页陌生而似曾熟悉的英文，那一年因为题目太难，下调了 10 分，及格分数由 120 改成了 110 分，我竟然第一次就考到了 138 分，连发证的海关科长都说："这可能是拱北关区最高的分数啊！"

　　记得狄更斯的那句话："这是一个最坏的时代，这是一个最好的时代！"沿海城市的公平度相对内地比较高一些，只要有才只要勤奋只要坚韧都可以扎下根来。我庆幸，我比孙少平和高加林他们幸运，因为我生活在一个可以自由流动的时代，农村的汪洋大海没有把我淹没，反而把我推向了一个如诗如画的美丽小城。谁的青春不迷茫？我庆幸在自己最好的时光里没有随波逐流。如果人生给予我的是一副惨不忍睹的烂牌，我的责任是竭尽全力把它打好一点点。

我的奶奶呀！

如果说我的童年还有许多温馨的底色，我得感谢那样一个忠厚淳朴的人，那就是我的奶奶。

我是跟着奶奶长大的，奶奶慈眉善目，个儿挺拔，温良忠厚，好像从来就没见她高声说过话。记得我四五岁的时候，姐姐发着高烧始终不退，可能耽误了几天，病情一下严重了。乡镇医院不敢接受，只有送到常德县里的地区医院急诊。

医生一看，急性胸膜炎，胸腔积水严重。医生建议动手术，从胸腔肋骨抽取积液，前提是必须断一根肋骨。老实的父亲不同意，那孩子不就半残废了？还是选择保守治疗——每天打针打得姐姐的屁股满是针眼，走路走不了，只有扶着墙壁练习走。在姐姐和父母在常德住院的一个多月里，我和奶奶在家看屋，我想念朝夕相处的姐姐，半夜三更睡不着觉，听着村里此起彼伏的狗叫。我说："奶奶，狗在叫，说不定是姐姐他们回来了！"

幸好那时父亲在机械厂做了半年的临时工。刚结账的钱全用在了住院上，六七岁的姐姐每天在医院打针无数次扶着墙壁走路，我和奶奶在家整天倚门翘望。

听说奶奶的第一个丈夫在抓壮丁剿匪时死了。第二个丈夫，我的爷爷个子高大、力大无穷，一个人能做两个长工的活儿。他拿着积攒多年的工钱买了十几亩水田，恰好遇上了解放，爷爷被打成了"富农"，父亲因为这个没读书了，没过几年爷爷生病误诊突然故去。奶奶在村里的大食堂当服务员，有贫下中农提意见：

"一个富农的堂客怎么能在社会主义的食堂当服务员呢?"

村里的卢支书出来说话："她做了多少年，她做事，我放心。不要她做，我也不做了。"

村里再没人有异议，原来奶奶一贯忠厚助人。有时，食堂里打饭，有的人来迟了，碗里的饭不够，他大声叫嚷，奶奶说："来，来，我分你一半吧!"大家对她长年的善意推崇备至。

奶奶年纪大了以后，就没再下田劳作了。儿子媳妇挣工分，她就管带两个孙女，外加做饭、晒谷、喂猪……旁边邻居人家有个女孩，两口子出工无人照看，奶奶看不过眼，顺道三个孩子一起带了，一带就是几年，任劳任怨，村里人都知道奶奶是个好心人。奶奶无论何时何地讲话都和气温顺，是个连蚂蚁都不忍踩死的人。

四到六岁的那几年，我总是跟在奶奶屁股后面走亲戚。一年四季有几个月都在外面，这让我看到了一个无比光鲜的世界。奶奶的姐妹兄弟有七个，这里住几天，那里住几天，我也乐得跟着奶奶到处逛。奶奶也不娇惯我，十多里的路，奶奶和老姐妹一边聊天一边走，我就在前面边走边玩。

走一茬歇一茬，一走半天我也不叫累。因为路上会碰到低飞的蝴蝶呀，机灵的金龟子呀，热情的邻居呀!新鲜的花花草草呀!奶奶说我小时候好招待，吃饭时给两片肥肉，不出声不闹腾。冬春时节农村人家多烧些木头柴火，七八口人坐在炉边谈些家长里短、劳作收成，谈到哪一个话题时我心里都很清楚，奶奶的几十个侄男侄女，其实我都在暗暗观察他们呢！

说到哪个媳妇厉害，哪个外孙有脾气，哪个小孩读书聪明，哪个姨妈性子烈，哪个姨奶奶的媳妇爱卫生，客人刚走就马上洗床单……正是在这个爱洗床单的胡家湾的亲戚家，我见到了一个相貌异常的怪人。那是一个五十多岁的小老头，他的个子矮矮的，瘦瘦的，头却大得出奇，他还戴着一个阿凡提式的帽子，是用头巾围成的，有脸盆那么大。他的腿细细的，好像两根火柴棍，我后来想起，觉得他有点像童话《小矮子穆克》里的主人公。

他虽然年纪大，可是只有十岁的孩子高，许多调皮的孩子就欺负逗弄他，他就摆出一副凶神恶煞的样子。五六岁的我看见他就怕，看见他怒火中烧的样子，听见他一连串尖利的骂人嗓音我就恐惧，做梦都梦见他不让我回家。事实上这是五六岁的我自己吓自己，其实我也没见他打过人，他只是吼得有些凶罢了。

爷爷的大女儿是前妻生的，我们叫她老姐姐，因为她比奶奶小不了几岁，她来接奶奶去住几天，我们就和老姐姐向山里出发了，那是一个叫大龙站的小山村，离我们家大约有二十里，全是蜿蜒起伏的山里公路，我们三个从早上开始走，那时可能也没有直达车，何况农村人也没有那个钱。

半路上我们看到好大一棵高耸入云郁郁葱葱的巨树。树的年纪不知多少岁了，树的底部有许多裂开的口子，里面黑黝黝的。奶奶说这段路常出车祸，因为坡太长了。那大树底下的窝里有许多大蛇和老龟呢！听说车祸都是那些修行的动物在作怪呢！再远处望得见一个无比宽阔的湖——那是我们远近农田的水库。听说打雷下雨时那里烟雾缭绕深不可测，有成了精的蟒蛇出来作怪，它的家就在湖底的最深处，旋涡大得很，还能通向龙宫呢！就是听着这些荒诞不经的鬼怪故事，五六岁的我才会走那么远也不叫苦吧？我记得老姐姐的家在一个转弯的山坡后面，屋前有一棵高高大大的松树，奶奶直夸我记性好。

那天老姐姐带我们去到山里的一个新坟前，原来姑丈去世不久，老姐姐在坟前哭得撕心裂肺不能自已，奶奶在旁小声劝解。黄土新垒的坟头上到处插满了黄色的冥纸，烟香环绕，哭声回荡，我紧紧地抓住奶奶的手，那是我第一次体会到死亡的意义。

六岁那年，村里的大人小孩都去赶集，农村没啥活动，集市就是令人向往的大地方。八九里路外的集市上有不少商店，吃的、用的、玩的都是新鲜货。我口袋里揣着母亲给的五毛钱也跟着去了。大人们买针线，妹子们买些五颜六色的毛线，我只有不多不少的五毛钱，别人买包子、馒头，我不动心。到后来我买了一个五毛钱的腌皮蛋，放在裤袋里严严实实。大人们问我咋不吃，我说这是给奶奶买的。奶奶上火，吃了腌皮蛋下下火就好了。村里的五婶情不自禁地说：

"这妹子孝顺，自己不吃，给奶奶买个皮蛋带回去，才六岁呢！难得！"

他们不知道我是跟着奶奶长大的嘛！有一年夏天，奶奶的背上长了一个红红的疖子，很多天都不见消肿，奶奶听人说用车前叶捣出水贴上有效。我和姐姐就在田埂上、菜园里、小河边一遍又一遍地寻找车前叶，一株，两株，奶奶的疖子经过半个月的叶敷终于好干净了。我和姐姐也松了一口气。

有次外婆家过喜事，母亲跟大家说好奶奶看屋，周六中午放学我们一家去。我眼巴巴地望着中午快放学，姐姐回来比我早，当我飞奔回家里的时候，母亲因为路途遥远没等我就走了。那时照样没钱乘车，四五十里路要走多半天，我哪里能理解这个原因，只怪他们抛弃了我，我在家里放声号啕大哭，奶奶在一旁摸着我的头，只说一句话："小明（她一直叫我这个名字），小明，别哭了哈！"

哭了两个小时，我的眼睛肿得像两个红桃子，还是跟着奶奶睡觉去了。她的土家布被子永远都是干干净净的，还带着一股樟脑的香味，那是我从小习惯的味道。

我十岁了，能晒谷子，能喂猪食，能打猪草了，可是奶奶却一天比一天地老了，有一天，她不知撞到了哪里，也许是家里的木头罢，她的额头上鼓起了好大的一个包，有一个李子那么大，虽然是透明的，但里面好像都是水，看着都有些吓人。

奶奶的老姐妹兄弟们，已经走了几个，有的是因为车祸，有的是因为病痛，有的是因为喝了农药，媳妇们主事了，儿子们多了还不是好事，三个和尚没水吃嘛！所幸我的母亲还是孝顺的，她们很少争吵过，家里没什么零食，但是白饭大家都是一人一碗的。

奶奶头上的包消失了，但是也没啥大的病痛。那天队里停电了，我和姐姐跟着村里人在河对面的邻村看电视，那时全国正流行看激动人心的《霍元甲》，村里响起一阵不同寻常的鞭炮声。元哥说：

"小林，你奶奶死了！"

"鬼才信你，你是想坐我的位置吧?！"

我和姐姐半信半疑地小跑回家，奶奶真的走了。她躺在堂屋的地板上，已经换上了早已预备的寿衣，她的棺材前几年父亲已经准备好了。奶奶是在睡梦中安详去世的，没有一丝一毫的病痛。村里的老人都说奶奶好人有好报。

奶奶走的那一年，她 83 岁，寿终正寝。

我的奶奶呀！

雪落乡村

寒风萧萧的冬日终于来临，路边的梧桐，山坡上的刺槐、桦树早已落净叶子。也许为了迎接这个肃穆、宁静的季节的到来，小鸟们全都隐匿了踪影，平日里活泼的兔子也不肯外出活动了，闲不住的孩子们心里非常着急，于是就日日盼望着大雪降临。

若当清晨起来，看到美丽晶莹的雪花从天而降，纷纷扬扬，雪花像调皮的孩子似的欢呼着雀跃着扑向大地母亲的怀抱。

你看！田野里，山坡上，院前院后的木栅栏和竹篱，全都裹上了一层厚厚的棉絮——好一个白雪茫茫银装素裹的世界啊！

这时，只需一把小铲子，不费多少工夫就可以堆一个胖乎乎的雪人儿：它的鼻子就是阿妈做菜的胡萝卜，它的樱桃小嘴是偷阿姐的口红来涂的——可爱极了！雪最好下大些，要不第二天那个暖和的太阳会把它一下子晒得没有了。

玩在兴头上并不觉得风冷，天还早着呢！带上心爱的小狗去野外走走吧。雪花落在小狗白色的卷毛上，只见它红红的舌头冒着热气，黑黑的眼睛睁得溜圆，小狗一路不停地欢跳着。路边木栅栏上的冰凌花晶莹剔透，像是用白玉雕成的银条儿，忍不住好奇地放一根到嘴里，嘘！好凉哟！……

雪花簌簌而落，走在雪地上，脚下咯吱咯吱的声音格外清脆悦耳，雪压弯了山野的许多小树枝，不时听见枯树枝们断裂的声响……不远处，田埂上站了一个须发皆白的老人，老人手里的旱烟闪着隐隐约约的红光，雪落在他厚厚的帽檐上，沾了雪的胡须显得更白了。

他望着平展的麦田，饱经风霜的脸笑成了一朵绽开的菊花："好大的雪，来年又是一个丰收年呢！"雪落乡村，瑞雪兆丰年，这是我们乡下人一年里最朴实的愿望。

夜，雪越下越大。冷冷的雪夜，家家都围住温暖的火塘，在松火升腾的熏烟里，一家老小依偎在大人身边，听阿公阿婆讲那过去的事情。

阿妈在纳鞋底，一根针上下翻飞，鞋底上那密密匝匝的针脚，像极了山里人细密悠长的岁月……

啊！雪落乡村，一年中难得的充盈、宁静的日子！

读 书 女

　　我爱看的书不多，原因不在书店的书少，而是我这个人天生迂腐。"不识时务非俊杰"，我就是这样不识好歹，什么时下流行的《第一次亲密接触》《谁动了我的奶酪》《花样的女人》等等，全然激不起我的兴趣。

　　也许是出门在外的人身单力薄吧，我总没忘记自己以前晚上10点钟加班回来泡着方便面充饥的日子，我总没忘记自己半夜起床借着走道路灯看书写作的情形。是的，我永远不是新新人类。这也是我决不会为琼瑶等人动心的原因。看惯了风花雪月浪漫至极的故事，怎能接受自己还在为夜校学费发愁的现实呢？

　　远在乡下躬耕田间的父亲教给我一句话："人，只有自己的一双手可以依靠。"出门八年没有在家过一个春节的我，对这句纯朴如泥土一般的话毕生难忘。

　　在我二十七岁的生命中，影响我最大的书是《曼哈顿的中国女人》。七年前一个寒风呼啸的日子，春节放了四天假，不说囊中羞涩，我也不想回去，从室友手上借了一本《曼哈顿的中国女人》，整整看了两天两夜，直看得我爱不释手泪眼蒙眬。

　　现在我依然可以清晰地描述出书中的一幅场景："在一片广阔无垠荒无人烟的北大荒平原上，寒风凛冽的冰天雪地里，一个女孩赶着一群猪羊，深一脚浅一脚地走着，手里拿着一根自制的牧鞭，嘴里念念有词，一阵寒风呼啸而来，是一阵和风雪作斗争的读书声：天将降大任于是人也，必先苦其心志，劳其筋骨，饿其体肤……"

"前车之鉴，后事之师。"我以为看人物传记最大的好处是看人家怎样走过来的，以免日后自己多走弯路。

我的日记本上至今还有路遥《人生》的记忆。从农村出来的人都知道，城乡差别是一条多么巨大的鸿沟。在那样一片亲切熟悉得不用想象的土地上，我们的遭遇何其相似！比起挑砖头做小工的孙少平，比起北大荒赶羊喂猪的周励，我所受的那点苦又算得了什么？

沙沙沙，我又开始了我的信笔涂鸦投稿生涯。四年后，初中辍学的我终于就要拿到自考中山大学的本科毕业证了。我曾认真地想过，家乡可以常回家看看，但是不能作为永远停驻的港湾。一个女子，身单力薄，那么就浪迹天涯四海为家吧！我以为，拿到一个文凭并不重要，重要的是这四年的经历告诉我："只要你能想到，你就能做到。"

在南方这片艳阳高照的热土上，我们也可以做一个小小的太阳！是《人生》和《曼哈顿的中国女人》这两本书，让我知道了人是要有梦想的，并且能够实现它！

现在我常看英语书籍，却有一种心有余而力不足的感觉。今天我知道，不能说一口流利的英语是我的终生憾事，虽然我如此喜欢那些充满灵性的小蝌蚪文字，就像我当初一心沉迷文学一样，但生活提醒我，首先得挣得一斗米糊口再说，先养活了自己，然后再图个什么发展，南方决不会怜悯你毫无价值的眼泪。

一个人的使命是做他想做的人！也许有一天，我最终会找到一份自己喜爱而又有价值的工作，但不是现在。

如今我喜欢看的书是沈从文的《边城》，在他老人家行云流水般的笔下，我仿佛又看到了熟悉如斯的古老小城：那风姿各异的山，那潺潺流淌的水，那纯朴清新的风，那条悠长得似乎没有尽头的石板小路……

在那如日子一般源远流长的沅江边上，有我梦里才到的故乡——江南。"一个士兵不是战死沙场，就是回到故乡！"因了沈从文的这句话，我的眼前常常浮现这样的情景：在一条蔓延着青苔藓的石板小路上，我和步履蹒跚的母亲相伴着去赶集。

一觉醒来，窗外天亮了，还得刷牙洗脸上班去，原来只是梦一场。故乡，已经是真正意义上的故乡了。

平凡的母亲

母亲是一个平凡得不能再平凡的母亲，但是，平凡的人同样带给我们难以忘怀的感动。

记得那是 20 世纪 80 年代初吧，农村的日子还穷得叮当响，在我们湘北那个闭塞的平原乡村里，除了几亩水田别无他物。市郊的人家卖菜，近水的人家卖鱼，靠山的人家采果，而我们那个一无所有的村子只能活活地挨穷。

那时候，双抢忙完之后，村子里的妇女兴起去采茶树果，也就是旁边山里人家的茶树果摘完之后，人们再去寻觅遗漏掉的果子，卖掉挣点零花钱。天还没有蒙蒙亮，母亲和邻居的桃婶就轻手轻脚地出门了，路途少有也有二三十里，但是哪里有钱搭车呢？农村人的腿脚一迈大步流星地去了。

到了晚上八九点的时候，我终于看见母亲和桃婶各背着一个圆鼓鼓的大包袱满载而归，也不知她俩中午吃的是什么。放下包袱后母亲直呼全身腰酸腿痛。你想想，在山里人摘得精光的茶树上还要再次寻觅出一些"漏网之鱼"，那得找寻多少棵茶树才能积累到这一大袋二三十斤的茶树果啊?! 三天之后，母亲和桃婶又将沉甸甸的三袋茶树果背到赶集的市面上，换回了无比珍贵的三四十元钱为家里补贴油盐。

那一天，我接到母亲的时候，她高兴地掏出几个松松软软的圆家伙说："家里每人一个分着吃！"我一蹦老高接过这个来之不易的礼物。我尝了一下，呀！又香又软，可真美味！那是我第一次吃到城里人见惯不惊的面包，还是我的母亲劳动了三天跑了上百里山路不知采摘了多少棵茶树给我们捎来的惊喜，那真正是一生难忘的温暖记忆啊！

我的母亲在村里人眼中是一个能干的人。别看她个子不大，但她做事极为麻利。插秧、割稻这些名列前茅不说，尤其她的整洁也是出了名的。虽然农村人家家里穷，做完田里的农活，母亲一有空闲也要把家里收拾得井井有条、一丝不乱，连猪栏里每天都扫得干干净净，很少有旁人家的那种难闻气味。

夏天来了，猪、牛旁也要熏上一把茅草省得蚊子打扰。厨房里的桌椅虽旧，但照常是擦得光亮如新，自家的晒谷场上打扫干净了，连附近的马路上她也要洒上两盆水，照样扫得一尘不染。在这种家教下长大的我和姐姐，光荣地接过了母亲的这一伟大传统。姐姐的家在全村，不，在附近几个村里，家庭和睦、干净整洁都是有口皆碑的。

我以前还不明白，为啥母亲那么喜欢整洁？随性一些、轻松一些不好吗？自从母亲在我儿子八岁那年回乡下去之后，我就自动自发地接过了家里的这柄拖把，我实实在在地感觉到，把家里打扫得整整齐齐、物归原位确实好，一回家就感到清爽怡人、宾至如归。

我在哪本书上看到一位作者说，他村里的一位母亲喜欢整洁，带出来的孩子很有条理，对自己有更高的期望，所以出了几个大学生，他说这是整洁的母亲带给家里的福气。我的母亲大字不识几个，但她用自己的行动一辈子兢兢业业地阐释了这个道理。

我们家是村里唯一不打牌的，成年累月都是如此，因为母亲非常讨厌赌博这一恶习。广大的农村除了农忙双抢之外，各家男女老少无事可做，都喜欢看牌打牌混下日子，村子里的茶馆往往是最受欢迎的去处呢！像我们家五口人都从不上牌桌的比较稀少。我们家的人宁可绣绣花，种种花草，也不望一眼那不待见的牌桌。

前年，听我父亲说，村里的小牛哥辛苦了十几年，好不容易生意兴隆开了几间批发部，日子一好手又发痒，在周围打牌还不过瘾，跑到澳门几天输掉了全部家当，还欠了别人五十万元的债，自作孽不可活，两夫妻五十多岁了还得东躲西藏去躲债，女儿都已成家，都是当了外公的人，中年红红火火，老来光景反而一片凄凉，这不是赌博惹来的孽债吗？

无独有偶，我的老表家去年还出了一件让人瞠目结舌的事情，周末家里开了一场牌，高朋满座，女儿女婿在打牌看牌，外婆在做饭，小外孙无人照看就去找邻居的小伙伴，三四岁的他在走过一个小水坑时俯身摔了进去，那么浅的小水坑竟然淹死了一个天真活泼的小男孩，一家人哭得痛不欲生要死要活，谁说这不是赌博带来的灾祸呢？！难怪曾国藩在他的教子格言里明明白白地写着要子孙远离这个"赌"字。

母亲的人缘好，因为她总是先考虑别人的感受。她常说，做人要有良心。母亲生活简朴与世无争，有时又不肯认输，她认为别人做得到的事我们也能做得到。这些言传身教的个性特征都深入到了我们的为人处世之中。母亲在珠海住了八年，把我的孩子带到长大之后，她毅然回到了她叶落归根的乡村，现在她每天种种蔬菜，养着一群鸭子，采玉米，收绿豆，忙得不亦乐乎。她暑假捎过来的绿豆我一颗也舍不得享用，看见这些绿豆，我就仿佛看见了田地边弯腰劳作的母亲。

我不会忘记，今天是母亲的生日，我写下这些平凡的文字，祝母亲生日快乐！

我的农民父亲

我是从农村出来的，我的父亲是一个农民，一个地地道道不折不扣的农民。

父亲是 1951 年出生的，属兔，今年已经 65 岁了。小时候父亲最喜欢跟我们姐妹聊家常了。下雨天不劳动的时候，他常常讲起自己小时候读书的故事。

因为我的爷爷个子高大勤劳肯干，一个人做事顶两个人，爷爷用他存了十几年的帮人做工的钱买了一些田地，这下可好，遇上刚刚解放的时候，就是因为这些田地爷爷家被划为了富农，那时候的读书招工都是贫农子女优先，中农富农的子女没有任何机会，不仅如此，还要承受来自周围的嘲讽和无形的压力，眼见读书无望，成绩不错的父亲便愤怒地选择了放弃。

有一次，八九岁的他和农村的伙伴在玩耍，旁边就是大队部的屋子，有个"根正苗红"的贫农看见了，对父亲似笑非笑地说："富农的子女在这里听壁角（打探消息）啊?!"那种鄙视嘲笑的目光一直留在父亲的内心深处。

轮到我读书的年纪了，父亲便说："现在不讲什么成分了，你们碰上了好时候！要好好读书啊!"为了激励我读书，父亲给我讲了一个小故事：前一年，我家谷子收成不好，交了学费买了打谷机之后，买化肥的钱硬是一分拿不出来了，春耕在即，父亲急得像热锅上的蚂蚁团团转，没办法，他鼓起勇气去找他的亲戚借钱。

亲戚家一向家底富裕一些，哪知亲戚竟说家里没有多余的钱，一百多元的化肥钱没有借到，还弄了一番难为情的脸红耳赤，这还是比较亲密的兄弟手足关系呢！父亲从心底里感到了深深的世态炎凉人情冷暖。从那以后，我一想到这件小事就激励我克服困难努力向上，做一个让父亲骄傲的人一直是我在外打拼的梦想！

在父亲的故事里，他常常感叹生活太不容易了。因为父亲是单传，只有一个同母异父的姐姐，父亲只生了我和姐姐，那时农村的计划生育政策特别严厉，超生的人家很多交不出罚款，把家里的值钱东西都拿去抵押了。

这就是说我们家只有父亲一个顶事的男劳力，家里有六七亩水田，做什么事父亲都缺了一个帮手，比如说抬打谷机，人家都是打虎亲兄弟上阵父子兵，那个两三百斤重的笨家伙量你是个大力士也是稳如泰山纹丝不动的，所以我们家只好跟别的缺乏劳力的人家合伙收割，也由于家里缺少劳力，我和姐姐在八九岁的时候就开始正式下田劳动了，并且是和大人一起出工一起劳作一起收工的。

插秧的时候，大人每人插一条一米宽的秧道，八九岁的我也是插一米多宽的秧道，如果没有插到田的尽头，就连休息之处也是无处可寻的，因为人就在泥水汪汪一片的田中央啊！有时年幼的我在田中间插秧累了，看着头顶上明晃晃的炎炎烈日，我在内心里无比渴望地祷告："老天爷，这田为什么这么长呢？太阳为什么这么大呢？"

农村的水田里崎岖不平不说，还不时会遇到蚂蟥的骚扰，那个讨厌的家伙吸附到你的皮肤上，你不使劲儿地扯，根本就甩不掉它呢！那个绿色的肉乎乎的吸盘鼓得圆圆的，不用说那是吸的人的血，别提多么恶心了！每到双抢季节，父亲就更加辛苦了，田野里的打谷机里打好了满满的一仓谷，父亲要用箩筐一担一担地挑回去，要是遇到可恶的风暴袭来，谷子就要泡水发芽报废了。

田间的小路弯弯曲曲窄窄小小，一下雨就更是泥泞不堪寸步难行了，父亲挑着一担沉甸甸的谷子，他手搭着扁担两头用力，他努力地站稳，脚下迈开碎步，在小路上小心翼翼地走着，一个来回，两个来回，三个来回……这个负重挑担的剪影永远刻在了我的脑海里。

有一年，父亲在耕田时不小心把脚弄伤了，被一块锋利的瓦片割得很深，医生给包扎了一片厚厚的纱布，看样子这个农忙季节父亲是不能下田了，我们家的顶梁柱没有了，六七亩的水田要收割要插秧，怎么办呢？

那一年我未满十岁吧，我的姐姐大概十二岁，我们母女三人以两个人的代价跟别人去换工。看到别人家的孩子在打谷场上玩耍，或是做些做饭晒谷的轻松活儿，我和田间劳作的姐姐羡慕极了，换工意味着与大人一同出工一同收工更不能有半点优待。割稻时我们弯着腰，一直低头不停歇地割啊割啊！农村的每一块田地都是那样遥远漫长，割了一茬又一茬，望眼欲穿的我们一身大汗，两脚泥泞不堪，全身都是飞溅的泥巴印子，简直就是两个不用半点修饰的真实版泥人。

那一年我们家的宅基地遇到涨大水，父亲琢磨着把木屋从低处移到高一些的地方，积了好几年的收成钱一下子用光了不说，还欠了一些外债，偏偏奶奶又在这时去世了，我们家的经济状况暗无天日一贫如洗，每天中午5毛钱的菜钱也是一件让我难以开口的事，没有钱交学费，父亲竟去借了吓人的高利贷，这让偏科的我更加焦虑不堪，要知道，这利滚利的钱用了，要是考不上中专，那可怎么办啊？超负荷的压力之下我选择了弃学而去。

1995年，我和姐姐背起几件衣服来到了广东打工，我在工厂的流水线上一边上班，一边去学电脑，一边跃跃欲试地参加自学考试。在当时上万人的厂里，像我这样在高强度的劳动后坚持自学的人属于凤毛麟角，但是很多人不知道，比起农村那些面朝黄土背朝天的生活，这些困难简直就是小巫见大巫了。

在我成长的岁月里，父亲从来没有给我讲过什么大道理，他只是用身体力行的方式告诉了我一个准则：劳动，劳动，再劳动！说实在的，我有时都做怕了这些千篇一律、大同小异、没完没了的农活，但它锻炼了我不怕困难、不怕吃苦的精神。我一路披荆斩棘拿到了专科和本科文凭，我在各家报纸上发表了一些文章，我调动了工种，我考过了当时媲美公务员的报关报检考试，我做回了自己喜欢的看书写字的工作，我在这个面朝大海春暖花开的小城里安下了一个温馨美满的小家。

如今我的儿子十岁了，他也已经在看一本本大部头的小说了。这一切我要感谢我的父亲，感谢他在20多年前赠送给我的礼物：劳动！劳动！踏踏实实地劳动！劳动才有收获的那一天。比起农村那些长年累月经久重复的艰苦劳动，读书工作还是一件轻松得多、有趣得多的活儿呢！

我曾经在一篇文章中写道："我没有金钱与美貌的依靠，我只有我的一双手，我只有我的经历赋予我的纯朴和坚韧，它将使我长成一棵树，花有凋谢的时候，而树却可以常青！"

感谢你，我的农民父亲！

跋

杨长征

陈小林老师马上就要出书了，对她来说，有点盘古开天地的意味。

这几年，碰到疫情，实话实说大家都不容易，在这个艰难的形势之下，陈老师出书使我想到了一个年份——1959。这一年，中国在大庆打出了第一口油井，而且出油了。

本来这本书更厚重，但由于种种原因，陈老师暂时忍痛割爱了。她咬紧牙关，把这项文化小工程扛下来并做成了。

文学梦，她从小就有，我发现她比很多人都强烈。她很小就出来闯天下，一路磕磕碰碰走到今天很不容易，她的经历和毛岸琴老师很相像，和平沙的郭敏端老师也很相像，当这三位老师的书稿摆在一起的时候，我的心暖暖的，发现她们都有个共同的特点——像顽强的小草，心中都有一盏明灯，乐观地面对困难，一直没有放下诗和远方。

出一本书，除了作者，还要感谢很多人。

首先是作者的先生、作者的父母和孩子。

那天，我和作者两口子在南坑见面，当陈老师做出这个伟大决定的时候，我看到了坚定的目光，那是她先生首肯的目光。我很感动，家人的支持就是最大的动力，像芷江飞虎队纪念馆展区的大石碌，凝聚着一种坚强不屈的民族精神。

作者的朋友，他们热情的鼓励，一路相随，感恩遇见！肯定也是要好好感谢的人。

要感谢尹炎生老师，他是江西省作家协会会员，《文学井冈》专栏撰稿人，井冈山市中学高级教师。他对作者帮助很大，鼓励很大，还亲自写序，为本书增色不少。

当然还要感谢珠海的一众文友，大家合力助推此书的出版：策划人、出版人、珠海市作家协会副主席兼秘书长钟建平先生，牵线人、珠海市香洲区作家协会副秘书长毛岸琴老师，版式设计、《大湾》编委会成员焦庆老师，特邀校对、《大湾》首席校对郭晓雯老师及珠海市政协《珠海文史》编辑、珠海博物馆助理馆员郑柳婷老师。

2021年9月29日，珠海的温度又一次突破三十八度，一年内两次突破三十八度是历史上第一次，陈老师的书定稿了，又将使珠海的温度第三次突破三十八度。

艰难时世，我们需要文学的温度来温暖自己。

（杨长征，珠海市作家协会副秘书长、珠海市香洲区作家协会副主席）